Author
シクラメン
Illustration
てつぶた
3
JN035088
中卒探索者の成り上がり英雄譚
2つの最強スキルでダンジョン最速突破を目指す
An Upstart Explorer
Full of Dungeon

藍原詩織
通称「シオリ」。凄腕だが、
常軌を逸したストーカー気質の持ち主。
ハヤトへの態度と気持ちが超重すぎる、
ハイスペック残念美少女。
草薙咲桜
底知れない実力の大和撫子で、
魔を祓う「草薙家」当主。
ハヤトに超執着し、「お姉ちゃん」呼び
するよう執拗に迫る！

八璃椿
「八璃家」のお嬢様で、
財力・権力をほしいままにする才女。
ハヤトの許嫁だと名乗り、
一方的に結婚宣言するが⁉
――ハヤトをめぐって、「恋の争奪戦」開始……!?

『……おォッ！』
吠えると同時に大剣を構えて、
【狂宴の重撃】を発動。

中卒探索者の成り上がり英雄譚 3

～2つの最強スキルでダンジョン最速突破を目指す～

シクラメン

HJ文庫
1082

口絵・本文イラスト　てつぶた

3
The Heroic Tale of
An Upstart Explorer
in a World Full of Dungeon

CONTENTS

第1章 ✦ 追憶

その女の子と初めて出会った時のことを、ハヤトは今でも覚えている。

本家の令嬢がやってくるからと、『出来損ない』は表に出ないようにと言いつけられていた日のことだった。

だから、家の裏で修行に励もうと思った。

もう八歳になろうというのに、ハヤトには天原の絶技が何一つとして使えず、それでも強くなりたくて修行に励んだ。

ハヤトが少女と出会ったのはまさにそんな時。基礎中の基礎である『星走り』の練習で流血している腕を井戸の水で洗い流していると、声をかけられたのだ。

「何してるの？」

「……腕、洗ってる」

話しかけてきた女の子は自分と同い歳くらいに見えた。

亜麻色の髪に、黄色の瞳。人形みたいに美しい彼女の白い腕はとても細くて、きっと箸より重いものなんて持ったこと無いんだろうとハヤトは思った。

「君、天原の子だよね？　あれ？　でも、天原の子は二人だけって聞いたのに、君はなんでここにいるの？　使用人？」

悪気なんて一つもないのだろう。彼女は無邪気にただ思ったことを口にした。

ハヤトはそれを聞いて、そう思われても仕方ないな、なんて思った。

間違っても彼女の言葉で傷つくことなんて無かった。

そんなことで傷つくほど当時のハヤトは他人に優しさを期待していなかったのだから。

「……俺も、天原だよ。天原ハヤトだ」

「ハヤト君だ。良い名前だね。あれ？　でも、名前に『天』が入ってないんだね。さっき紹介してもらった二人は入ってたけど」

それは弟と妹のことだろう。

ハヤトは深くため息をついてから、口を開いた。

「天原は……名前に天が入ることで、天原を名乗れるんだ。あの二人はその襲名式をやったから……」

「え？　じゃあ、さっきの二人は名前が変わったってこと？　変なことするね」

黄玉みたいに煌めく瞳をまん丸に見開いてから彼女は心の底から驚いた様子を見せた。

その驚きは、ハヤトが『天原を名乗れない』と言ったときよりも大きな驚きで、痛むはずのないハヤトの心がぎゅっと痛んだ。

「……で、君は誰？」

その子は、噂で聞いていた本家の令嬢とは容姿が全く違っていた。本家の令嬢は髪の毛が夜よりも暗い黒色だと聞いていたのに、目の前にいる子は太陽みたいな亜麻色だから。

「私？　私はツバキ。八璃ツバキ。八璃家って聞いたら、分かる？」

「……八璃って、御三家の」

それは、本家に並ぶ名家だからこそ、ハヤトは一歩後ろに引いて勢い良く頭を下げた。

なんて失礼なことをしたんだと自分の無能を呪いながら。

「しっ、失礼しました。御三家の方とは、知らずご無礼を……」

「えっ！　ちょっとやめてよ、そういうの。そんなのしたって1円にもならないでしょ」

「で、でも……」

ハヤトたち分家にとって、本家は絶対。

そして、本家と肩を並べる御三家も絶対なのだ。

彼女がその令嬢だと知らなかったとはいえ、天原風情が御三家相手に使って良い言葉ではなかった。だから、ハヤトは深く頭を下げて詫びた。

彼らは文字通りこの国の支配者。もし下手なことを言ったら、ハヤトの首が飛ぶ。いや、それだけではない。天原そのものが断絶させられるかも知れない。

それは、ハヤトにはなんとしてでも忌避したいことだった。ただでさえ、無能として両親に迷惑をかけている自分が、これ以上の迷惑をかけるなんてことは、絶対に避けるべきことだったのだ。

けれどツバキは、笑いながらハヤトの焦りを吹き飛ばした。

「良い？　ハヤト君。時間とお金は等価なの。君が私に敬語を使っている間に、タメ口で喋ればそれだけ短い時間で意思を疎通できる。それはつまり、お金を浮かせられるってことなの」

「……？」

ツバキは自分と同い歳くらいだと思っていた。

けれど、その口から飛び出た言葉は難しすぎてハヤトには何も分からなかった。でも、父親から殴られながら言われた『御三家には死んでも丁寧な言葉使いで話せ』というのを、この子の前でやっちゃダメなんだとは思った。

「ツバキ様は……。ううん、ツバキさんは、なんでここに？」

「さん、もいらない。二文字も勿体ない。それも、削って。代わりに私もハヤト君じゃなくて、ハヤちゃんって呼ぶから」

文字数変わってなくない……？　なんて、当時のハヤトには言えず、ツバキの言うままに彼女を呼び捨てにした。

「……ツバキは、なんでここに？」

「あれ？　ハヤちゃんは聞いてないの？　御三家が天原と一緒に『厄災十家』の今後についての会合をするんだよ。だから、それに付いてきたんだけど……。あんまり楽しくなかったから、暇つぶしに出てきたの」

「天音……ええっと、さっきツバキが会った女の子が、ツバキの暇つぶしの相手をすると思うんだけど……」

天音とハヤトは一歳差の兄妹だ。きっと、ツバキとも年齢はそう離れていないはず。だから、天音は御三家の子供たちの遊び相手として紹介されていると思ったのだが、

「アマネちゃんね。うん。さっき会ったよ。会ったけど、いまいちピンと来なかったんだよね」

ツバキはそういうと、こめかみに人差し指をあてて「うーん」と唸った。

ピンと来ないってどういうことなんだろう、とハヤトは思ったのだが、御三家の少女に自分から質問を投げかけられるほど、当時のハヤトは命知らずではなかった。

だから、黙ってツバキの言葉を待った。

「ま、そんなことはどうでも良いんだけどさ。なんで、ハヤちゃんは腕を怪我してるの？」

「これは、天原の技を練習してて……」

「技？　あー、天原って幽霊とかお化けを倒すんだっけ？」

彼女は天原という家への興味が薄いのだろう。

しかし、あながち外れているわけでもないのでハヤトは首を縦に振って頷いた。

「うん、そうだよ」

「それってさ、どうやってお金稼いでるの？」

「え？」

「あれ？　変なこと聞いたかな？　お化けとか幽霊を倒すって言ったって、いつでもそういうのがいるわけじゃないでしょ？　それで、どうやってお金を稼いでるのかなって」

「お金は稼いでないよ」

「え……？」

その時のツバキの顔は、ハヤトが生まれて初めてみる、人が心の底から衝撃を受けた顔だった。さっきハヤトが言った天原の一族の襲名よりもっと根本の、まるで思考の根本を砕かれたかのような顔。

「え、嘘。じゃあ、どうやって生活してるの？」

「天原は〝祓魔師〟。普通の人をお化けから護るお巡りさんなんだ」

「ふうん？　じゃあ収入は税金なのかな。今度お父様に聞いてみよ」

ツバキはそう言って、ちらりと天原の本邸の方を見た。

きっとそこに彼女の父親がいるのだろう。

「で、ハヤちゃんはその警察になりたいの？」

「うん。なりたい」

「なんで？」

「父上にも、母上にも、これ以上……迷惑をかけたくないんだ」

「迷惑？」

「だって、俺は弱いから。天原で弱いのは、足手まといなんだ。祓魔師は人が足りないから、俺もはやく強くなって父上を手助けしたいんだ」

「ふうん」

再び、鼻から空気をもらすような相槌をツバキはうった。

けれど、それが先程と違うのは、彼女がハヤトを頭のてっぺんから足の爪先までを舐め回すように見つめていたからだ。まるで、これから初セリにかけるマグロのように丁寧に。

何度も何度も、上から下まで視線を往復させていたからだ。

　そして、彼女は口を開いて笑いながら言った。

「ね、ハヤちゃん。やめちゃいなよ、それ」

「……え？」

「やめなよ、って言ったの。お化けなんて狩ったって楽しくないよ。お父さんの手伝いだっけ？　それさぁ、何の意味があるの」

「意味、は……」

　意味はある。あるに決まっている。

　もし意味が無いのであればどうして、自分はここまで弟や妹と比べてひどい扱いを受けなければいけないのだ。こうして家族として紹介されることもなく、忌み子として家の裏に押しやられているのは自分が弱いからじゃないのか。

　強かったら、誰も見向きしないところで『星走り』の練習なんてしなくて良いはずじゃないのか。

　だから、きっと、強くなることに意味はあるはずで、

「……意味は」

　ハヤトの溢れかえった気持ちは、しかし何一つとして言葉にならなかった。八歳のハヤ

トには、自分の心が抱いている悔しさと悲しさと、そして天原という家の歪さに気がつくことができなかったから。

「ね、ハヤちゃん」

けれど、そんなハヤトの様子など、どこ吹く風と言わんばかりにツバキは満面の笑みを浮かべて言った。

「私と一緒にお金を稼ごうよ」

「……は？」

あまりに唐突な誘い文句に、ハヤトは丁寧に喋ることも忘れて思わず素が出てしまった。

「お金稼ぎは良いよ。誰かを助けて、自分も儲かる。こんなに素晴らしい活動は無いんだよ。経済は人間が生み出した至上の行いなんだから！」

「いや、俺は……」

当時のハヤトは知らなかった。

我がままを許されて、許されて、どこまでも許されてきた子供というのは、とても傲慢であるということを。

彼女はぐんぐんとハヤトに向かって進みながら、目を輝かせた。まるで、最高のおもちゃを見つけた子供のように。

「あ、そっか。ハヤちゃんは強くなりたいんだっけ。でも大丈夫！　お金は力だよ。お金をたくさん稼いでお金持ちになれば、ハヤちゃんの夢もすぐに叶う」

「ちが、俺が欲しい強さはそうじゃなくて……」

「あっ！　そうだよね。ハヤちゃんは天原だから、天原の手伝いをしたいんだよね。ごめんね。気が付かなかった。だったらさ、天原やめちゃいなよ」

「……え？」

「なんだっけ。天子ちゃんじゃなくて、天野ちゃんでもなくて」

「アマネ……？」

「あ、それ！　アマネちゃんと会った時はピンと来なかったんだけど、ハヤちゃんは見た瞬間にピンと来たんだよ！　だからさ、ハヤちゃん」

そう言って、ハヤトの目と鼻の先までやってきたツバキは、そのままハヤトの手を取った。女の子と手をつなぐのも、わずか数センチという距離まで近づくことも、ハヤトにとっては初めてで、女の子特有の匂いで思わず頭がくらくらした。

「私たち、大人になったら結婚しようね！」

それは御三家という圧倒的強者の口から語られる、ハヤトにとっての死刑宣告にも等しい言葉だった。

第2章 ✦ 呪縛の底の探索者

「私ね、ハヤちゃんの許嫁なんだよ！」

あの夏の日と全く変わっていない様子でツバキがそう言った。

瞬間、世界が凍りついた。これまでなんども空気が読めないと言われてきたハヤトでも分かるほどの沈黙。

沈黙が痛い、という言葉があるが本当にとんでもない爆弾が放り投げられたときは、文字通り心臓と胃がキリキリと痛むということをハヤトは初めて知った。

（本当に痛いなんて知りたくなかった……ッ！）

《言ってる場合か？》

ヘキサのツッコミは冷静。

何しろ彼女はハヤトに寄生したタイミングで、ツバキとの婚約関係は知っているからだ。

問題はそのことを知らなかったエリナとシオリである。

「ハヤト、どういうこと？」

「お兄様、どういうことですか⁉」

全く同じ言葉で下と横からツッコまれた。

それにツバキは少しだけ意外そうな顔を浮かべると、

「あ、そうなんだ。ハヤちゃん、私のこと言ってなかったんだ。じゃあ、代わりに説明してあげるね」

「いや、しなくて良いぞ……！　俺がするからッ！」

ツバキに説明を任せたらどんなことを言うか分からないので、ハヤトはそう言って『待った』をかけたが彼女はへらりと笑って、ハヤトを無視。

「私とハヤちゃんは初めて出会った時に愛を誓いあったラブラブのカップルなんだよ。ねー？」

「な、何一つ合ってねぇッ！　こいつが勝手に俺のことを許嫁にしただけだ」

恐れていた事態を早速引き起こされたハヤトは渋い顔で、淡々と告げる。こういうのは熱くなったら負けだ。落ち着いて、舌戦に勝つのみである……ッ！

「またまたぁ。そんなこと言ってさ。昔のハヤちゃんは可愛かったんだよ。私が来るのを待ち望んでてさ！　ハヤちゃんの家に行ったら、すごい笑顔で走ってきてくれたの。可愛かったな～」

「本当ですか、お兄様？」

と、エリナ。

「……まぁ、本当だ」

ハヤトは渋々頷いた。

無論、それには理由がある。

いくら天原の本家である〝草薙〟家と仲の悪い〝八璃〟家でも、御三家は御三家。天原ごときが楯突いて良い相手ではないのだ。

だから、『婚約者』などとツバキが勝手に言いだしたことでも、天原が撥ね付けられない。そのため、ツバキが来た時だけは……ハヤトへの虐待が止むのだ。だから、ハヤトが辛い思いをしていたあの時に、彼女が家に来るのを待ち望んでいなかったかというと、嘘になる。

「それにね、ハヤちゃんには最初のころに『D&Y』の経営についてアドバイスも貰ってるんだ～」

ツバキが社長を務める『D&Y』は国内最大手の『装備屋』だ。素材の仕入れ、加工、販売と上流から下流までの全ての流れを一社で押さえることにより、わずか二年足らずで上場を果たした爆発力のある企業である。

もちろん、ハヤトにはそんな勢いの塊みたいな企業にアドバイスをしたという記憶はない。

「ハヤト、それ本当？」

「いや、してないぞ。してたら、あんなに極貧生活をしてるわけないだろッ！」

シオリに尋ねられたが、これは明確に否定した。

「え？　ちゃんと貰ったよ。ほら、ハヤちゃんに初心者向け防具と短剣を格安で売ってあげた時」

ハヤトが『?』マークを浮かべていると、隣でエリナが驚愕の声をあげた。

「あっ！　お兄様が言ってた『D&Y』のお知り合いってツバキ様だったんですか⁉」

「あぁ、そうだ。そっか。言ってなかったな」

何を隠そう。ハヤトがエリナに武器防具の価格の高さを説明した時に、『知り合い価格で安くしてもらった』という知り合いはツバキのことである。

本当は無料で譲るとツバキは言ったのだが、それを良しとしなかったのはハヤトの性格故である。

「で、俺に経営のアドバイスを貰ったってなんだよ。そんなこと言ってないぞ」

「ううん、言ったよ。『装備は男向けだけじゃなくて、女向けも作れ』ってさ」

「言ったっけ……？」

本当に記憶がないのでエピソードの捏造かとハヤトが思った瞬間、ツバキが続けた。

「ハヤちゃんの話を聞いて、すぐに女性向けのラインナップを増やしたら、どんどんお客さんが来てさ！　おかげでウチの売上はざっと二倍！　いやぁ、ハヤちゃん様々だよ」

でも、確かに記憶を深掘りしてみると、ツバキに武器を無心しにいった時は、シオリを筆頭とする女性探索者にどんどん先を越されていた頃だ。

だとすれば、そんなアドバイスをしたのかも知れない。

「それに、『D＆Y』は別事業で探索者を雇用して、ダンジョン攻略をしてるんだけどさ、そっちでも雇う探索者を男女平等にしたおかげで、穴場だった女性探索者を一気に抱えることができたんだ。これもハヤちゃんのおかげだよ。藍原ちゃんと出会ったのもそこが最初だしね」

ツバキの言っているのは『雇用探索者』のことだ。

「どういうことですか？　お兄様」

ダンジョン黎明期からずっといるハヤトやシオリと違って、探索者の仕組みに詳しくないエリナが首を傾げた。

「昔は今みたいにフリーの探索者じゃなくて雇われの探索者が多かったんだよ」

「そうそう。ハヤちゃんは保護者の許可が出ないから雇えなかったんだけどね」

ダンジョンが出来て数ヶ月ほど経った頃、企業はすぐにダンジョンが金になることに気がついた。そのため、ダンジョン事業という形で子会社や新部署を立ち上げ、雇った探索者をダンジョンに投下したのだ。

「あの時は凄かったよ。元から金持ってる会社のやつらが武器とか『スキルオーブ』を買い占めてな。めちゃくちゃ強かったもんな」

「……懐かしい。あの時は、『探索者も雇われの方が稼げる』なんて、言われてた」

ハヤトとシオリが二年前の思い出を語り合う。

しかし、エリナは疑問が思い浮かんだのか首を傾げて聞いてきた。

「ということは、探索者さんの武器や防具も会社が買ってたってことですか？　でも、数十万しますよね……？」

「そうそう。でもさ、人を新しく採用するのにかかるコストが大体百万円だよ？　ダンジョンの利益を考えたらそれに数十万出すのは誤差だよね」

ツバキがあっけらかんと言って、エリナは思わず呆気に取られた。

企業の抱えている金銭価値と、個人の金銭価値は違う。だからこそ、お抱えの探索者たちが大暴れしていた時代があったのだ。

「でも、今はフリー？　の、探索者さんが多いですよね」

「今だと雇われになるより、フリーの方が稼げるからね」

ツバキは肩をすくめてそう言った。

そう、彼女の言う通り、雇われ探索者はすぐにいなくなった。理由は二つ。

一つ、前線攻略者（フロントランナー）は雇われとは比較（ひかく）にならないほど稼げること。

二つ、ダンジョン探索者は高い殉職率（じゅんしょくりつ）が目立つ職業であること。

特に、この二つ目の理由が大きかった。警察官や消防士などの公務員と違って、民間企業には殉職率の高さがどうしてもネックだったのだ。

現代日本でも、当然ながら不運な事故などで死亡者が発生することはあるが、ダンジョンは別だ。大人たちの新しい物への風当たりの強さと高い死亡率の二つが合わさった結果、それはもう信じられないほど企業はバッシングを受けたのだ。

それにより事業規模は縮小し、また稼げる探索者たちが続々と独立していったことで、今では『雇用労働者』という立ち位置で働いている探索者はほとんどいない。

その歴史を最前線で見てきたツバキは、

「ま、本当に昔の話だね。あの時は、探索者は雇われになるのが常識だったし、強い探索者は男だけってのが常識だったの。でも、ハヤちゃんはいち早くそこに光明を見出（みいだ）したってわけ」

んなわけあるか、とハヤトは顔をしかめて続けた。

そもそも探索者を男しか雇っていなかった、という話に対してハヤトは懐疑的なのだ。

「でもあれだろ？　日本には男女平等に雇わなきゃいけない法律があるだろ？　俺が言わなくても女の人を雇ってたんじゃないのか？」

「男女雇用機会均等法のこと？　ハヤちゃんは物知りだねぇ」

「バイトする時に色々と調べたからな」

褒められると調子に乗りやすいハヤトは、ちょっとドヤってそう言ったがツバキは「やれやれ」と言わんばかりに肩をすくめた。

「でもね、ハヤちゃん。そんなの誰も馬鹿正直に守ってないんだよ。もちろん、男女平等に募集はするよ？　でもさ、探索者は血みどろの肉体労働だし。女性を雇っても……ねぇ？　言いたいことは分かるでしょ。あ、もちろん。今は別だよ。当時の話ね、当時の」

ダンジョンの発生により、少なくとも肉体上の性差は消えた。今、この世界を支配しているのはステータスという数字の絶対だ。けれど、少なくとも二年前は、

「そもそも、女性の絶対数も少なかったけどね。今は藍原ちゃんの活躍で増えてるけど、当時は本当にいなかった。だから、私も選択肢から消してたんだよ。でもさ」

ツバキはまっすぐハヤトを指さした。

「ハヤちゃんが気付かせてくれたんだよ。やっぱり、ハヤちゃんは私にお金を運んできてくれるキューピットだね」

「………」

へらへらと笑いながらそう言うツバキに、ハヤトは無言。

もうこれ何言っても聞かないな、という諦めの沈黙である。

そうしてハヤトの代わりに、シオリが口を開いた。

「ツバキの言っていることは正しいようで、正しくない」

「どこがかな、藍原ちゃん」

「確かにハヤトの言う通り、ダンジョン内では男女平等。でも、それはいずれ時間が経てば誰でも気がついた。ハヤト以外でも。つまり、ハヤトがツバキにお金を運んできたというのは嘘。それが嘘だから、ハヤトと婚約者というのも嘘」

淡々と言葉を紡ぐシオリ。

（どういう理屈なんだ……？）

《考えるだけ無駄だぞ》

ヘキサのアドバイスに従って、ハヤトは考えるのをやめた。

「違うよ、藍原ちゃん。お金稼ぎは速さが正義。確かにハヤちゃん以外にもそのことに気がついた人はいるだろうけど、あの時、あの場所、あのタイミングで私に言ってくれたのはハヤちゃんだけなんだよ」

しかし、ツバキは全く怯まずに言葉を紡いだ。

「というわけで、私とハヤちゃんは運命で繫がってるの。ねー？」

「いいえ、待ってください。ツバキ様」

しかし、今度はエリナが止めた。

「どうしたの？　ハヤちゃんの妹ちゃん」

「先程の話を聞いていて、一つだけおかしいところがあります」

「何でも聞いてよ。聞きたいなら教えてあげるよ？」

「それはお兄様が極貧生活を過ごされていた二年間についてです。お兄様のアドバイスのおかげで経営が上手く行ったというのであれば、どうして援助をされなかったのでしょうか」

淡々と語るエリナだったが、シオリと違ってそこには怒りが見えた。

『仲が良いなら困ってる時に助けてやれ』と言わんばかりの言葉尻だったが、その原因はハヤトにあるので、自分で切り出した。

「エリナ。それは俺が断ったんだ」

「えっ⁉　な、なんでですか？」

「天原との関わりを絶ちたかったからだ」

ハヤトの言葉に、エリナは息を呑んだ。

ツバキは天原との関わりがあった。御三家だからだ。

もしツバキに援助を頼めば、ハヤトの行動が全て筒抜けになる可能性があった。それは、ハヤトが最も避けるべきことで、だからこそツバキに援助を頼まなかったのだ。

「それに俺が天原との関係を断ってる以上、俺とツバキはもう許嫁でもなんでもない。過去の話だ」

「それって元カノってこと？」

「全然違ぇよ」

ツバキに真顔で聞かれてハヤトは素早くツッコんだ。

真顔で何を言っているんだ、この女は。

ハヤトが呆れと驚愕の入り混じった感情でツバキを見ていると、ポケットからスマホを取り出して時間を見たエリナがハヤトの服を引っ張った。

「……お兄様、そろそろ会場に入らないと間に合いませんよ」

「ん……？　もうそんな時間か」

ハヤトはツバキから視線を外して、ちらりと廊下の最奥を見る。そこには、木目調のいかつい扉が待っていた。

その奥にはＡランク探索者たちが、『探競』――オークションの開催を、今か今かと待っている。

そこに並ぶのは、金銭面、性能面、その他あらゆる面で、表には流せないと思われたダンジョンの産物たち。ハヤトも階層主のドロップ品である『空想の顔料』というアイテムを出品している。

本来、今日の目的はオークションで弟子たちの『スキルオーブ』を買うことにある。

これ以上、ツバキに時間を使わされて肝心の目的が達成できないのは良くない。

ハヤトは目的を再確認すると、エリナに言った。

「そろそろ行くか。シオリもツバキの言ってることを真に受けるんじゃないぞ。話半分に聞くくらいでちょうど良いんだ」

「私はハヤちゃんの言葉を全部聞いてるけどね」

「ちゃちゃ入れなくて良いから」

『話はもう終わりましたよ』という雰囲気を全身から出しながら、ハヤトは戦略的逃走を図ろうとしたが『世界探索者ランキング』日本2位の傑物が騙されるはずもなく、首根っこを掴まれた。

「待って、ハヤト」

「ぐァッ！　だから、人の首を掴むなって言ってるだろッ！」

「まだ話は終わってない」

「終わったの！　俺とツバキは無関係！　許嫁も、元許嫁！　これ以上に話すことは何にも無いだろッ！　無いったら無いッ！　終わり！」

首を掴まれたまま、もがき続けるハヤト。

しかし、片手でリンゴが潰せる女が、もがいているハヤトを離すわけもない。彼女はまるで機械のようにハヤトに尋ねた。

「だから、まだ終わっていない。一番大きな問題が残ってる」

「なんだよ。今の俺にはオークションに参加できないことが一番の問題だ。つまり、お前が俺にとっての一番の問題なんだが」

「ハヤトは知らないかも知れないけれど世の中には復縁という言葉がある」

「福縁？　福男の仲間か？」

「違う。よりを戻すこと。別れた男女がもう一度付き合い直すこと。それも、別れてから数年経ってお互いに大人になってから起こることが多い。私調べ」

「俺はまだ十六で子供だが」

「ハヤトが家を出たのが二年前。『男子三日会わざれば刮目して見よ』ということわざもある。二年も経てば、別人」

「お前、俺に全然変わってないって言わなかったっけ」

「記憶にない」

　便利な言葉である。

「だから一番の問題は、ハヤトとツバキがよりを戻さないかどうか。私はそれを危惧している」

「はぁ？　俺がツバキと？」

　しかし、これまたシオリから飛んできた『問題』とやらの意味が不明でハヤトは首をかしげた。

（なんで俺とツバキがよりを戻すことが、一番の問題になるんだよ）

《私は何も言わないからな》

　そう言ってヘキサは呆れた顔。

　知ってるなら教えてくれ、と言おうとした瞬間、シオリがぐいと掴んでいるハヤトの首根っこを器用に振り回して、身体(からだ)の向きを入れ替(か)えた。

シオリと真正面から対面することになったハヤトは渋い顔。

「……んだよ」

「そもそも、冷静に考えてみて、ハヤトがツバキと復縁しないのはおかしい」

「何がおかしいんだ。むしろ、そっちの方がまともだろ」

「ううん、おかしい。だって、ハヤトはツバキと婚約すれば働かなくてすむ。逆玉」

「んだよ、逆玉って。お年玉の仲間か？」

「違う。お金持ちの家に婿入り(むこい)りすること。ツバキは、もう一生遊んで暮らせるだけのお金を手にしてる。そうでしょ？　ツバキ」

ハヤトを掴んだまま、シオリがツバキに視線を向けると彼女(かのじょ)は「まあね」と頷いた。

それを見て、シオリは続けた。

「それに、ツバキはハヤトと結婚したからって、ハヤトを無理やり縛(しば)り付けてお金稼ぎだけをさせたりしない。きっと自由にする。あと、ツバキは顔が良い。ハヤトは年頃(としごろ)の男の子だから、顔が良かったらすぐに転ぶ。その可能性は否(いな)めない」

「顔が良くても性格が終わってるぞ」

「この際、性格は考えないものとする」

ちゃんと考えろ。そこが一番大事なんだよ。

「理由を並べれば分かるけど、ハヤトがツバキと結婚することにデメリットがない。だから、よりを戻さないと思う方がおかしい」

「いや、だから俺はツバキと結婚する気はないの」

「理由が知りたい」

「なんでだよ」

「私が安心する」

全くもって道理が通っていないというか、我がままというか、無茶苦茶なのだが、ここで答えないと、いつまで経ってもシオリはハヤトを離さないだろう。藍原シオリとは、そういう人物である。

言わなきゃいけないか、と思いながらハヤトはシオリを真正面から見ながら言った。

「俺はダンジョンを攻略するからだ」

「……どういうこと？」

「俺はあと十一ヶ月で、地球にある七つのダンジョンを全部攻略するつもりなんだ。それまでは結婚なんてしない。恋愛もしない。探索以外に目を向けることもない」

「…………」

「だから、俺とツバキが結婚することはありえないんだ」

ハヤトは一息にそう言って、気がつけば早くなっていた心臓を押さえつけるように深呼吸した。

（……緊張した）

《かっこよかったぞ》

ヘキサに軽口を叩かれながら、ハヤトは再び息を吐き出した。それにしても、自分の決意を口にするというのは、どうしてこんなに緊張するんだろうか。

自分で決めたことだというのに、他人に言って笑われてしまったらどうしようと思ってしまうのはなぜだろうか。

シオリがこんなことでは笑わないと知っていても、ハヤトの中に根付いた根性がそんな卑屈な心を見せる。

「……ハヤトの決意は分かった。確かに、残り期間とダンジョンの攻略時間を考えれば今すぐにでもダンジョンに潜らないと間に合わない。ツバキと結婚している時間がないのも理解できる」

「ほらな？　だから、この話はここで終わりだ」

「……む。納得した」

シオリはそう言ってハヤトを解放。

ようやくこれでオークションに行ける。

ハヤトがほっと胸をなでおろした瞬間、今度はツバキが首をかしげた。

「でもさ、ハヤちゃん。それって、別にいま結婚しない理由にはなるけど、十一ヶ月後だっけ？　その時に結婚しない理由にはなってなくない？」

「……ん？」

「ハヤちゃんが一年足らずで全部のダンジョンを攻略するって言うなら応援するけどさ。それが全部終わったらハヤちゃんって十七とか十八でしょ？　ちょうど、結婚できるじゃん」

「…………」

ハヤトは思わず無言。

なんという論理の穴だろう。ハヤトには見つけられなかったッ！

そして勢いで乗り切ったシオリも同様に追撃してきた。

「確かに、ツバキの言う通り。納得できなくなった」

「あのね、藍原ちゃん。ハヤちゃんはツンデレだから、本当に思ってることを遠回しに伝えてくる癖があるの。これもその一つだね。本当は私と結婚したいんだけど、それをまっすぐ言うのが恥ずかしくて誤魔化してるの」

「そうじゃねぇよッ！　本当にツバキと結婚する気はないのッ！」

そんな話をしていると、廊下の奥の方からオークションの開始を知らせるブザーの音が響き渡った。

やばい。このままだと、オークションに間に合わなくなる。

ハヤトは素早く、二人をどう言いくるめるかの思考を張り巡らせた。

どうすれば良い。どうすればこの二人は引く。

《ここで提案だが》

（なんだよ）

《エリナを婚約者にしたってことで押し通すのはどうだ？》

（通るか、そんなもの……ッ！）

ハヤトがヘキサにそう言った瞬間、頭の中で声が響いた。

〝【千両役者】【詐欺師】【話術Ｌｖ５】をインストールします〟

〝インストール完了〟

馬鹿ッ！　ここは外なんだから、スキルなんて使ったら逮捕されるだろッ！

と、ハヤトは【スキルインストール】に悪態をついたもののインストールされた三つのスキルの使い方が流(なが)れ込(こ)んできた瞬間に思わず『うわっ！』と叫(さけ)びかけた。

〈な、なんだこれ……ッ！〉

《あぁ、【詐欺師】スキルか。これは【職業(ジョブ)】スキルって呼ばれる種類のスキルだな。自動発動(パッシブ)スキルの一種で、簡単に言えば職業病を誘発(ゆうはつ)することで、スキルの持ち主を特定の仕事に強制的に特化させるスキルだ》

〈はぁッ⁉〉

《例えば【聖騎士】スキルだと自己犠牲(ぎせい)を厭(いと)わなくなる。【鑑定士(かんていし)】だと知的好奇心(こうきしん)が強化される。今回は【詐欺師】スキルだから、人を騙すのに躊躇(ちゅうちょ)しなくなる感じだな》

〈ふざけんなッ！　そんなもんインストールすんなッ！〉

ハヤトの怒りももっともである。

だが、怒(おこ)っている内にハヤトの思考はパチリと切り替えられた。

この場を抜(ぬ)け出すためにどのような嘘を吐くか。

【詐欺師】スキルによる思考の誘導(ゆうどう)。人を騙すことへの躊躇が消えたハヤトの口が滑(なめ)らかに動き出す。

「本当は言うべきか迷ったんだけどな」

ハヤトはそう言いながら、シオリとツバキを交互(こうご)に見た。

「うん？　急にどうしたの？」

「……どうしたの？　ハヤト」

その顔を傍から見れば、周りにずっと黙っていたことを切り出そうとしている人間のように見える。いや、『スキル』がそういう風に見せている。

自動発動している【千両役者】と【話術Lv5】スキルも相まって、ツバキもシオリも息を呑んでハヤトの言葉を待った。

一瞬の沈黙。

最高の『間』が生まれるのを待って、詐欺師ハヤトは口を開いた。

「俺はもう、心に決めた人がいるんだ」

まず最初に、シオリの動きが完全に停止した。

エリナは目を丸くして口をぽかんと開けているし、ツバキは笑顔のまま固まった。

「だから、俺はツバキとは結婚できない」

「え。それって、本当……？」

「あぁ、今まで黙ってて悪かった」

さらりと嘘を吐いている自分に恐怖を感じたハヤトだったが、これを活用しない手はない。

「じゃあ、俺はもうオークションに行かないとだから。またな、二人とも」

「え、あ、ちょっとハヤちゃん⁉　その話、もうちょっと詳しく……」

「ツバキ、悪いがもう時間がないんだ」

ハヤトは――正確には、ハヤトの中にインストールされた【詐欺師】スキルはツバキにそう返すと、放心状態のエリナの手を取った。

　そして、ツバキの制止の声を振り切ると【千両役者】スキルにより堂々とした態度で、ハヤトはエリナの手を引きながらオークション会場に入った。

　絞られた光と、すり鉢状の会場に迎えられたハヤトにヘキサは笑顔で言った。

《良かったな。乗り切ったぞ》

（乗り切ってねぇだろッ！　すぐにシオリが追いかけてくるぞ……ッ！）

　ハヤトがそう言うと、ヘキサは肩をすくめる。

《そう言うな。シオリはああ見えて常識のある人物だ。流石にAランク探索者ばかりのこの空間で暴れ回る人間じゃないだろう》

（いーや、俺の知ってるシオリはこういう場所でも関係なしに暴れるね）

　ハヤトはそう返して入ってきたばかりの入り口を見直したが、シオリが追いかけてくる様子はない。

（……あれ？）

《ほらな》

（いや、絶対になんか企んでるだろ……）

しかし、追いかけられないのであれば好都合だ。

ハヤトはスマホを取り出すと、予めギルド側から指定されている自分の座席を探した。

初めて入る部屋なので、ハヤトがスマホと部屋の中を交互に見ながら歩いていると、隣を歩いていたエリナが意識を取り戻したのか、軽くハヤトの袖口を引いた。

『ん？　どうした？』

「お兄様、今の話って本当ですか……？」

「今の話？」

「そ、その、心に決めた方がいるというのは……」

エリナに対して、【詐欺師】が何かを言うよりも先に、

〝全スキルを排出〟

という【スキルインストール】の声が響いた。

こいつほんまに……。

何か一言物申したいが、【スキルインストール】は自動発動スキル。スキル相手に怒っ

ても仕方がないので、ハヤトは深く息を吐き出してエリナに向き直った。

「さっきヘキサが言ってたことを聞いてたか？」

「い、いいえ。お兄様が結婚なさったら私はどうなるんだろうと考えてました」

なるほど。それで【詐欺師】スキルの効果を聞いてなかったわけだ。

「逆に聞くけど、あの話を本当だと思うか？」

「は、はい！　どなたなのかな、と気になっていまして……」

「嘘だよ。あれは」

「えっ、そうなんですか⁉　あまりに真に迫っていたもので思わず本当なのかと……！」

スキルの力だ。なんて周囲にAランク探索者がいる中で言えるはずもないので、ハヤトは誤魔化した。

「俺の演技力も馬鹿にならないだろ？」

「はい！　ダンジョンを全て攻略し終えたら、俳優になられるのはいかがでしょうか？」

「でも俺、テレビみないからなぁ」

なんて返しながらハヤトは『86番』と番号が記されている座席に座った。その横にエリナが座る。

《ん？　数字おかしくないか？》

〈俺の座る席違うか？〉

《いや、そうじゃない。気になったのは番号の方だ。86番ってことは、それだけAランク探索者がいるということか？》

〈いるんじゃないのか？　だって、ダイスケさんの『ヴィクトリア』だけでも数十人はいるし〉

ハヤトは前の方に座っている赤髪の男を見た。その横には、細い眼鏡をかけた男も座っている。団長のダイスケと、副団長の久我だ。

そして、その周りを囲むようにして、赤い服装に身を包んだ探索者たちが座っている。そこ一帯は軒並み『ヴィクトリア』が座っている。よく見れば他のクランも固まって座っているので、ギルドの指定がそうなっているのだろう。

けれど、『ヴィクトリア』だけは座っている人数の規模が段違い。流石は日本最大の攻略クランだ。

24階層の事件で、所属する探索者の数が減ってしまった『ヴィクトリア』だが、日本最大の攻略クランに入りたがる探索者は星の数ほどいる。あの程度の事件では、Ｎｏ．１は譲らないのだろう。

そんなことを思いながらハヤトは視線をステージの方に戻して、呟いた。

「……ん。まだ始まらないのか」

せっかく急いで会場に飛び込んできたのに、まだオークションが始まる気配がない。時間を見ればプログラム上はすでに始まっている頃合いだった。もしかして、どこかで遅延でも発生しているのだろうか？

ハヤトが気になっていると、隣にいたエリナにちょんちょんと服を引かれた。

「あの、お兄様。一つお聞きしたいことが……」

「どうした？　エリナ」

「その、お聞きしても良いのか分からないのですが、『御三家』とはなんでしょうか？」

「うん？」

「ツバキ様とお兄様だけはご存じのようでしたが、その……知らない言葉ですので」

ツバキが自己紹介した時からずっと疑問に思っていたのだろう。

エリナは恐る恐るといった調子で、続けて聞いてきた。

「あと、『本家』についても聞きたいです」

「……ん」

エリナがまるで爆発物でも扱うようにハヤトに尋ねるのは、その話題がハヤトにとってセンシティブなものだと思っているためだ。

それが痛いほどに伝わってきたハヤトは天井を見上げて「うーん」と唸った。

別にハヤトからすれば嫌な思い出ではあるが、実家のことほど避けたい話題ではない。

では、なぜ唸ったのか。

シンプルに説明が難しいからだ。

「そうだな。どこから説明するか……」

両腕を組みながら、ハヤトは真正面を見ると、分かりやすいところから行くのが良いか、と思い直して続けた。

「まず、天原という家があるだろ？　俺の実家だ」

「はい。存じております」

「んで、天原の本家に『草薙』家っていう本家があるんだ。ここまでは良いか？」

「は、はい」

異能の一族は家父長制を強く敷いているが故に、一族の長は長男が引き継ぐ。けれど、長男が死んだ際のスペアとして次男、三男を用意しておくのが普通だ。そうして、生まれた長男代わりの次男、三男たちは長男が生きている限りは本家を継げない。なので、家を興すものがいる。

それが、分家と呼ばれる家だ。

中でも天原は草薙（くさなぎ）家の中でも最も早くに分岐（ぶんき）した一族である。

「それでな、この『草薙』家と同格の家があと二つあるんだ。ツバキの実家の八璃（やさかに）。そして、八咫（やた）。この三つの家を指して御三家と呼ぶ」

「なるほど、家が三つあるから御三家ですか……」

「んで、この御三家のルーツは飛鳥（あすか）時代にまで遡（さかのぼ）るんだが」

「あ、飛鳥時代？　飛鳥時代って奈良時代の前ですか？」

『奉仕種族（メイディアン）』として一般（いっぱん）常識を得ているエリナも、これには流石に驚（おどろ）いた。

しかし、ハヤトは顔色一つ変えずに頷（うなず）いた。

「そうだ。俺もツバキから自慢気（じまんげ）に八璃（やさかに）の家系図を見せられたことあるけど、本当にそこまでの記録がちゃんと残ってたんだ。草薙も八咫も、探せば出てくるだろうな」

ハヤトにとっては忘れられない子供の頃の思い出だ。

ツバキがやけに古い紙の本を持ってきたと思ったら、それが八璃（やさかに）の家系図だったのである。その一番新しい場所には、古紙に似つかわしくないほどに新しい墨（すみ）で『椿（つばき）』と書かれていた。

そして、そこでハヤトはツバキから八璃家について色々と教えられたのだ。結婚するなら、家のことくらい知っておけということで。

けれど、当時のハヤトにとっては知らない家の歴史よりもツバキが家系図にちゃんと名前が載(の)っていることが羨(うらや)ましくて、そんなことをツバキに伝えると『大人になったらここにハヤちゃんの名前が載るから問題ないよ』と言われて喜んだことも忘れられない。

もちろん、今となっては忘れたい記憶(きおく)である。

『御三家が生まれた当時はまだ日本(やまと)が国として弱かったから、専門家の育成が急務だった。だから、国を護(まも)るために各分野の専門家(スペシャリスト)として三つの家が選ばれた」

「草薙家も、その時に選ばれたと……？」

「あぁ。軍事(いくさ)を任された草薙家。政治(まつりごと)を任された八咫(やた)家。そして、経済(ぶんげん)を任された八璃家。この三つの家が『御三家』だ」

「な、なるほど……」

エリナの分かったような分かっていないような表情を見ながら、ハヤトは続けた。

「元々、草薙って家は護国の尖兵(せんぺい)だったんだ。対外的、対内的。武力を用いて、ありとあらゆる手法で国を護った。それが草薙だ。天原は草薙家も色々あって分岐した内の一つだよ」

「跡目(あとめ)争いですか……？」

家の分裂(ぶんれつ)として最も可能性が高いのが後継者(こうけいしゃ)争いと思ったエリナはそう聞いたのだが、

これにハヤトは首を横に振って答えた。

「いや、違う。一つの家だと国が護りきれないと判断されたんだ。だから、家を分けた。分けてから、それぞれの家に役割を持たせたんだ。そうだな……」

ハヤトは少し思案すると、真っ先に思い当たった家から言葉にした。

「例えば警察として内側から国を護る『高原』。軍隊として外から国を護る『高千穂』。そして、人知れず〝魔〟から民草を護る『天原』。まぁ、他にもあるんだけど大きな分家はこの三つだ。そして、これらを纏めあげてるのが草薙なんだよ」

そこまで一息で言ったハヤトに対して、エリナは無言。

ハヤトの言葉の真偽を探るようにして、考えあぐねている様子。

しかし、どれだけ考えたとしても、それに答えなんて出ないだろう。天原も含めて、草薙の血族は表に立つことを良しとしない。戦いに生きる彼らにとって、それは不利益しか生み出さないからだ。

《ちょっと待ってくれ》

(んだよ)

隣でエリナとハヤトの間に挟まるようにして浮いていたヘキサが、突如として首を傾げながら話に入ってきた。

《高原という家が警察を管轄しているのか？　天原とは分家同士だろう。それならお前が外でスキルを使って逮捕されることはないんじゃないのか？》

（何を言ってるんだ、ヘキサ。天原はたとえ身内が〝魔〟に堕ちても祓うんだぞ。同じ分家とはいえ、所詮は分家。向こうも問答無用で逮捕しにくるに決まってるだろ）

《そういうものか》

（そうじゃなかったら、俺は家から追い出されてない）

《まぁ、そうか……》

これ以上は触れられないような説得力の塊が飛んできて、ヘキサは閉口。

というわけで、ハヤトは話を元に戻した。

「んでな、この草薙家の奴らはマジで強い。無茶苦茶強い。頭おかしいくらいに強い。だから俺たちは本家に敬意を払ってるんだ。強さが至上の家だからな」

「どれくらい強いんですか？」

まるで小学生の男の子みたいな質問がエリナから飛んでくるとは思っていなかったハヤトは「うーん」と、再びの唸りを上げると思考開始。ちょうど良い例え話を思いついたので、ぽんと手を打った。

「そうだな。今の前線攻略者よりは、確実に強い」

「……えっ？　いや、冗談ですよね？」

「なわけないだろ。本気だよ」

「お兄様を疑うわけではないのですが……正直、信じられません。今の前線攻略者の方は凄いスキルも持たれているでしょうし、ステータスだって普通の人とは比べ物にならないじゃないですか……」

「とは言っても、人間の範疇に収まってるからなぁ」

ハヤトのため息は、前線攻略者に対する呆れよりも、自分の実力に対する呆れが多分に含まれていて、

「なぁ、エリナ。さっきツバキと会っただろ？　あいつの容姿を見てどう思った？」

「え？　それは、お綺麗な方だと思いましたけど……」

「だろ？　それはな、あの家が『金持ちの美人やイケメンばかり』集めて子供作ってるからだ。だから、その子供の容姿も必然的に良くなる。いわば人間の品種改良だ。だったら、エリナ。強いやつばっかり集めて子供作ったら、どうなる？」

「……お子さんも強くなる、ですか」

「そういうことだ。だから、草薙は強い。そもそも草薙家ってどうやって当主に成り上がるか知ってるか？　あいつら大真面目に殴り合って決めてるんだぞ。この時代にだ。どう

思う？」

「え、いや、その……お元気そうで何よりです」

主人から言外に『悪口言え』というパワハラを受けたエリナは巧みに回避。

その瞬間、エリナを守るようにしてステージ上のマイクが『きぃん』と鳴った。

「あー。あー。お集まりの皆様。この度は弊社『Ｄ＆Ｙ』が主催しましたオークションにお集まりいただき、誠に感謝いたします」

そう言って、ステージに出てきたのは、ツバキ。

（ん？　もしかして、さっきまでオークションが始まらなかったのってツバキがいなかったからか？）

《そうかも知れんな。主催者がいないと、開始の挨拶もできないだろう》

（主催者のくせにオークションに出されるアイテムを買おうとしてたのか……）

《主催者だからこそ、買おうとしていたんだろう》

ハヤトがヘキサと話している間に、手短にまとめられたツバキの挨拶は終わった。

そして、最後にハヤトを見つけたツバキがこちらに向かって手を振ってきたので、当然無視した。

（さて、ここからが本番だ。長いぞ……）

《普通は二時間くらいやるんだったか》

(咲さんが言うには自由に出入り可能だから、好きなタイミングで帰って良いらしいけど……掘り出しものがあるかもだしな)

だからこそ、気が抜けないなと思ったハヤトは身構えると、最初に登場するアイテムを待った。そこに運ばれてきたのは黒い溶岩プレートのような大剣。

見た目からして26階層の『地下火山』エリアでドロップしたものだろう。高階層な場所で手に入る武器は、その分高性能なのだが果たして性能はどんなものなのだろうか。

期待するハヤトの眼差しの先で、ツバキから代わった司会者が紹介を始めた。

「まずはエントリーNo.1。『熔鉄の大剣』からオークションを始めさせていただきます。こちら、ステータス補正に『HP+10 STR+20 VIT+15』の効果を持ちながら、『残火』属性により、モンスターを『残火』状態にすることができます。皆様、ご存じだと思いますが、この状態異常はモンスターに継続ダメージを与え続けることができる代物で、入札価格は800万から!」

司会者が言葉を区切った瞬間、ステージ横にあるディスプレイに800と表示される。

だが、それも一瞬のこと。ハヤトが気を緩めた瞬間にはもう数字が上がっていた。800が850、900。

それを見ていたハヤトは構えていた心をぐっとほぐした。

「お兄様は武器を買わないですもんね」

「まあな」

【武器創造】スキルによって……己の実力よりも性能が下であるという誓約が付くものの、手元にどんな武器でも生み出すことができるハヤトにしてみれば、あの『熔鉄の大剣』も再現できる。

数百万――いま一千万を超えた――も払うほどの物では無い。

ただ、【武器創造】で生み出せる武器の性能も最近では頭打ち感が否めないのだが。

「でも、武器の性能や見た目はちゃんと見ておきたい。どこで使えるか分からないしな」

「何かお手伝いできることがあればエリナにお頼りください」

「もちろん。頼りにしてるよ」

そんな話をしている間に、『熔鉄の大剣』は１７５０万で落札。

武器は探索者の生命線だ。欲しい人間からすれば、優れた武器は本当に金に糸目を付けず買うものだ。

しかし、落札された金額が金額であるが故に現実味が薄い。下手すれば家が一軒建ってしまいかねない金額がこの一瞬で動いたのだと納得できるほど、ハヤトは大金を動かすことに慣れていなかった。

けれど『熔鉄の大剣』がステージ脇に除けられて別のアイテムが運ばれてきた瞬間に『本当に買われたんだな』とハヤトは変な納得の仕方をした。

それからしばらくは、モンスターの素材だったり武器だったり、ハヤトは使わないであろう超遺物が次々に流れてきたので、ハヤトの集中はすっかり解けてしまった。

《お、『転移の宝珠』だぞ》

(もう持ってるから良いよ……)

一般でも取引される『転移の宝珠』だが、その性能故にほとんど流通しない。それに探索者たちからすれば、『転移の宝珠』はただ好きな場所に一瞬で移動できる便利アイテムではなく、死線から逃げ出すために必要なアリアドネの糸である。

これもまた、気がつけばそれなりの金額になっていた。

しかし、ハヤトはユイと共に潜った20階層で手にした『転移の宝珠』がある。これもまた、武器と同様に不必要なものなのだ。

「お兄様。『スキルオーブ』ですよ」

「……ん」

オークションが始まってから三十分も経とうとした頃か。

台車に乗せられて運ばれてきたのは、五個の『スキルオーブ』だった。

ハヤトの代わりに集中してオークションに向かっていたエリナにそう言われて、ハヤトは集中を取り戻す。

「こちら、全て27階層でドロップした『スキルオーブ』になります。もちろん、『ギルド』の鑑定士が鑑定済み！　右から順番に【剣術】【一撃必殺】【肉質貫通】【猛毒】【雷撃属性付与】になります。一個ずつでも良し。まとめてお買いになるも良しです！　入札価格は一つ150万から！」

「……ふむ」

ハヤトは耳にしたスキルを聞きながら息を漏らした。

澪とロロナの二人に必要なスキルが出品されていないかを考えたのだが、今出ているスキルだとロロナに活用できそうなものは無い。

ならば、澪に買っていくものを選ばないといけないのだが……。

（【剣術】とか良いんじゃないか？）

《汎用性が高いから値段も高くなりそうだが……》

ちらりとヘキサを見ながらそう言うと、彼女はハヤトの思考を上手く言語化してくれた。

当たり前だが、【詐欺師】のように局所的にしか使えないスキルよりも、【剣術】や【火属性魔法】のように、汎用性の高いスキルの方が高く売れる。
それに【剣術】スキルはすでに【紫電一閃】スキルを持っている澪にはぴったりのスキ
ルだろう。だから買いたいと思ったのだが、ヘキサの言うように高くなりそうな予感はし
た。
今回並べられたスキルは、そこまで高いレベルのスキルではない。だから、Aランク探
索者にとっては、すでに所有しているか、あるいは不必要なものばかりだろう。
だが、彼らが育てる弟子は別だ。この場には、ハヤトのように自分が抱える弟子のため
に『スキルオーブ』を買って帰ろうとする者は少なくないだろう。
「エリナ。澪に【剣術】スキルを買いたいと思う。頼んだ」
「はい。お任せください」
彼女は素早く頷くと、手元の操作パネルを触りながらディスプレイとにらめっこする。
そして、視線を数字に向けながらハヤトに小さく質問。
「ロロナ様のスキルは買わなくても大丈夫でしょうか？」
「今はロロナが使える後衛系のスキルが出てないからな。【猛毒】とかは便利だろうけど、
ロロナが治癒師を目指すんだったら要らないし」
ハヤトがそう言うと、エリナは真正面に視線を戻す。

　そして、スキル名を一覧で確認（かくにん）してから再び疑問を投げかけてきた。

「お兄様。【一撃必殺（ハイドアンドシーク）】というスキルは強そうですけど、こちらは澪様に不必要なんでしようか」

「あぁ、そのスキルな。見つかってないモンスター相手だったら一撃で殺せるっていうスキルなんだけど」

【剣術】スキルの価格が上がっていく。
　２００、３００、３５０を今超（こ）えた。
「ダンジョンだと階層主（ボス）戦はモンスターに見つかった状態で始まるし、わざわざ敵に気付かれないように近づいて殺してって、凄い気を使うんだよな。俺も昔やってたけど、あれをやるなら【スニーキング】スキルとか【索敵（さくてき）】スキルとかと組み合わせて、『暗殺者（アサシン）』ビルドって呼ばれるスキル構成にしなきゃなんだよ」

　そして、『暗殺者（アサシン）』ビルドはそのスキル構成とステータスの構成上、敵に見つかってからがすこぶる弱い。もちろん、１階層から10階層までの浅い階層であれば十分に強いし、弱点を補えるパーティーと組めればもっと深いところでも活躍（かつやく）できるだろう。

　けれどハヤトには澪がこの先パーティーを組むことを前提としたスキル構成で育てる気は無い。今までちゃんとしたパーティーを組んで探索をしたことが無いハヤトからすれば、複数人による探索のやり方を教えられないし、何よりパーティーはメンバーの相性（あいしょう）という運の要素が大きいからだ。

　だからこそ、運で弟子の将来が決まりかねない育て方をするつもりはハヤトには無かった。

「【剣術】スキルは４２０万で落札！　【一撃必殺（ハイドアンドシーク）】スキルは２８０万で落札でございます！」

　次々と景気よく落札価格が発表される横で、エリナが小さい拳（こぶし）を可愛（かわい）らしく握（にぎ）りしめた。

「やりました、お兄様。【剣術】スキル、買えました」

「ありがとう。助かったよ」

「いえ。お兄様のお役に立てて嬉（うれ）しいです」

　そういって照れた顔を浮かべるエリナの頭をそっと撫（な）でながら、ハヤトは次のアイテムを見送った。

　そこからしばらく、ハヤトの欲しいアイテムが出てくることは無かった。

　無論、破格の性能の装備や『スキルオーブ』が出てくることもあるのだが、どれも合わないものばかりだったのだ。オークションが始まって一時間ほど経った時に、ハヤトの出品した『空想の顔料（パステル・ファンタジア）』も出品されて４２００万で売れた。

「ロロナに買って帰れる武器とか『スキルオーブ』が出品されねぇかな。【ＭＰ自動回復強化】とか」

《有用な『スキルオーブ』は発見者が使うからな。ここに出てくるかは難しいところだ》

「だよなぁ……」

当たり前だが、Ａランク探索者だからといって強いスキルを全部持っているなんてことはない。むしろ、数少ない有用なスキルを駆使して、鍛えて、戦っているのだ。

だから、最前線で通用するような優れた『スキルオーブ』は発見した探索者たちが自分で使うのである。

「うーん。だとしても、４０００万入ったし、何か弟子たちに買いたいんだよなぁ」

「お二人のための武器はどうされます？」

「いや、あの二人にまだ深い階層の武器は使わせたくない。だから、スキルだけで良いかな」

確かに深い階層で手に入る武器を使えば、浅い階層のモンスターなんて簡単に殺せるだろう。だが、その武器の適正階層に来た時に困るのは誰よりもその武器に慣れてしまっている探索者だ。

ハヤトとしてはその階層に相応しい武器を使うことで、しっかり成長して欲しいと思っている。いつまでも、自分が教えることは出来ないのだから。

というわけでハヤトたちはすっかりオークションの観客になってしまって、出てくる珍品たちを面白半分で流し見。

けれどそれからというもの『スキルオーブ』が出てくることも、武器が出てくることもなく、そろそろ帰ろうか……と、ハヤトが考えはじめた瞬間、バン！　と、ステージのライトが消えた。

「……なんだ？」

「不具合でしょうか？」

それを不思議に思ったのは、ハヤトたちだけではない。

オークション会場にやってきたAランク探索者たちも同じように、口々に何が起きたのかを言い合って会場が騒然とする。

次の瞬間、スポットライトが今度はステージの一点に集まった。

「皆様、お待たせいたしました。今回のオークション一番の目玉の登場でございます」

司会はマイク片手にそう言うと、ステージ中央を指した。

気がつけばそこには、赤い布に覆われた『何か』がある。

《やけに凝った演出だな》

（面白いな）

まるで映画でも見ているかのようなノリで楽しむハヤト。

探索者たちはハヤトのように演出を楽しむ者と、演出を冷めた目で見る者に二分された。

だが、皆一様にステージ上にある『何か』に意識を向ける。

「見いだされたのは、31階層。そこにある宝箱から、なんと七つも出現いたしました！　探索者であれば誰もが夢に見る……否、人類であれば、誰もが夢にみるあのアイテムの登場ですッ！」

そう言って、ステージ上にいた男が赤い布を払った瞬間に出てきたのは、七つの銀色に輝く腕輪だった。

「……誰もが夢にみるアイテム？」

「とてもハードルを上げましたけれど……大丈夫でしょうか？」

ハヤトもエリナも、謳い文句はあまり真面目に受け取らずに流しつつ、次の言葉を待った。

「では、こちらの腕輪がどのような代物か。口でご説明するよりもお見せしたほうが早いでしょう」

司会者はそう言うなり、赤い布を払った男に対して視線で合図。

男は頷き銀の腕輪を装着すると、腕輪を二本指でスワイプ。まるで、スマホやタブレットにするような動作で手を動かした瞬間、腕輪の真正面に半透明のディスプレイが出現した。

「……お？」

ハヤトの予想には無かった振る舞いをしたので驚きつつも、他の探索者たちも同じように気がつけばその光景に呑まれていく。

腕輪を装着した男は十分に会場の沈黙が自分に向けられるのを待ってから、ポーションを取り出した。どこにでもあるような、治癒ポーション。男はそれをディスプレイの中に入れて、手を離した。

その瞬間、ポーションが消えた。

残ったのはディスプレイに広がる波紋だけ。それ以外は何もない。

「ご覧になられましたか？　えぇ！　もう勘の良い方はお気づきですね」

再び男がディスプレイの中に手を入れる。波紋が広がる。男がそのまま手を引く。すると、その手にはポーションが握られていた。

「お、お兄様！　今のって、アイテムをあのディスプレイに入れたってことですか？」

「……あぁ。そうみたいだな」

ハヤトの見間違いでなければ、そういうことになる。

思わずハヤトは息を呑んだ。

だとすれば、あのアイテムは……。

「これは『アイテムボックス』！　ディスプレイを通し、どんなアイテムをも収納することが可能な夢のアイテム。容量は無制限。アイテムを入れた者しか、アイテムを取り出すことができないセキュリティが付いているのも確認済みです。けれど、ダンジョンから算出したこれを手に入れられるのは七名のみ！」

司会の言葉に、会場が怖いくらいに静まり返った。

ハヤトもエリナも、同様に言葉を失った。

その静寂を埋めるように、司会は切り出す。

『探索において、アイテムを無制限に持ち込めるメリットを皆様に語る必要はありませんよね」

司会の男の言う通りだ。

このオークション会場にいるAランク探索者全員が、そのアイテムの利便性を理解している。

「また、ディスプレイはアイテムの大きさに合わせて拡張可能！　これで、収納に困らされることなく、アイテムを持ち帰ることができます。さぁ、もうこれ以上の説明は不要でしょう！　こちら、入札価格が５０００万からのスタートです！」

その瞬間、５０００万という数字が６０００に跳ね上がった。

それが瞬きする間に７０００、８０００と上がっていく。

「エリナ。あれ、買えるか⁉」

「え、えぇ！　もちろんです！　予算的にギリギリですけど、『アイテムボックス』は買わないとですよね！」

腕輪の形をしているものの、それは実質的に無制限のポーチである。

それがあれば、どれだけ攻略が楽になることか。わずか数ヶ月という短い時間の中で、全てのダンジョンを攻略しようとしているハヤトにとってはまさに垂涎の賜物。

なんとしても、手に入れるべくエリナを急かした瞬間、

《いや、駄目だ。あれは買うな》

オークション中はほとんど無言で、武器ばかりを見ていたヘキサがストップをかけた。

（なッ！　なんでだよ！　あんな便利アイテム、買わない方がまずいだろッ！）

《いや、違う。あれは『アイテムボックス』じゃない》

（何言ってんだ。さっきアイテムが入っただろ⁉）

ハヤトがそう言うと、ヘキサは静かに首を振った。
《現在、攻略されているのは33階層。今の最前線は34階層だ。そうだろう？》
（……それが何の関係があるんだ？）
《忘れたのか？　『アイテムボックス』は50階層以上の深さでないと、ド、ロ、ッ、プ、し、な、い。こんな浅い階層で、手に入るはずがないアイテムなんだ》
ハヤトはヘキサの言葉に首を傾げた。
（じゃあ、あれは……？）
《私には分からない。恐らくだが、『アイテムボックス』の下位互換品だろう。わざわざ何千万もの金額を出して買うようなものじゃない》
（で、でもちゃんとアイテム入ってるし……）
《容量無制限だとは言っていたな。本当にそうか？　どうやって確かめたんだ？　あれは本当に無制限か？》
（えー……）
そう言われれば、ハヤトとしては何も答えられない。
《本物の『アイテムボックス』は内部の位相空間に流れる時間と、こちらの世界に流れる時間の差で内部時間は実質的に止まっている。だが、あの『アイテムボックス』はそうか？

そんな説明をしていたか？》

（……してなかった）

《あとはそうだな……。容量は無制限で内部時間もちゃんと本物と同じように止まっているかも知れない。だが、使用に回数制限があるという可能性は？》

（うん？）

《そういうエセアイテムもあるってことだ。確かに見ているだけなら便利だが、本物じゃない以上、何千万……あぁ、いま1億超えたが、そんな高い金を出して買うようなものじゃないということだ》

（……ぐぅ）

ヘキサにそう言われてしまって、ぐうの音もでなくなったハヤトは深く椅子に座り直した。

何も彼女が嫌がらせとか、いたずらでそういう話をしているわけじゃないことが分からないほどハヤトは愚かではなかった。

「……分かった。やめよう」

「承知しました」

エリナにそう声をかけると、彼女はすっと手を引いた。

彼女もまたヘキサの言葉が正しいことを知っている。

そうして、ハヤトたちは熱狂していく会場の雰囲気に呑まれないように、ただ成り行きを見守った。

最終的に付いた価格は一つあたり1億2000万。それが、落札されるまでの時間が、オークションの中で最も長いものとなった。

オークションが終わってから、買った商品の受け渡しをするらしい。

ハヤトがスマホの案内に従って、『スキルオーブ』を受け取るべく別室に足を運んでいる途中で、同じようにアイテムを受け取りに向かうダイスケがハヤトに気がついて話しかけてきた。

「おう、久しぶりだな」

「お久しぶりです。ダイスケさん」

「30階層の『地図』は助かったぜ、ハヤト」

「え、あれで……」

30階層を攻略する時に、ハヤトはダイスケから攻略済みの地図情報を安く譲り受けた。

その対価としてハヤトが攻略を進めた分を地図に記すという話だったのだが、ハヤトはモンスターの攻撃（こうげき）を利用して空を飛ぶ（ショートカット）という、他人には勧（すす）められない方法で攻略したので地図にもそのことしか書いていないのである。

一応、ヘキサに《お前、意外と字が綺麗なんだな……》と感心されながら階層主（ボス）モンスターの居場所と情報を書いておいたが、本当に追加した情報などその程度である。

それで感謝されるとは……と、思いながらハヤトは続けた。

「ダイスケさんは何を買ったんですか？」

「まぁ、色々だ。武器とか防具とか、超遺物（オーパーツ）とか。ほとんどがクランメンバーに使うようだな。お前は？」

「弟子（バンド）のための『スキルオーブ』を一つだけ」

「あぁ、そういえばAランクになったから弟子がいんのか。今度、お前の弟子を紹介してくれよ」

そう言って、わはは、と笑うダイスケ。

その瞬間、ダイスケの横にいた二人のクランメンバーが飛び出してきて、ハヤトの両手を握った。

「お久しぶりです！　ハヤトさん！」

「お世話になっています！」

出てきたのは、二人の男女。恐らく年齢はハヤトより年上だろう。

その二人に右と左と片方ずつの手を握られて、ハヤトは困惑。

「……誰っすか？」

ハヤトの言葉に、二人そろって額を押さえた。

なんだなんだ。何なんだこの二人は。

「申し訳ないです！」

「自己紹介を忘れてました！」

「僕は石手ヒロト！」

「私はヒロトの妹のリコです！」

「24階層では本当にありがとうございました！」

「私たち、久我と共に戦っておりました！」

揃ってそんなことを言うもので、ハヤトは「あぁ！」と声をあげて納得。

七城シンもそんなことを言って近づいてきたが、あの時と違ってこの二人には見覚えがある。そういえば、血だらけになりながら久我さんと一緒にあのミノタウロスを引き連れて逃げていたメンバーにこの二人がいたわ……と、思ってハヤトは二人を交互に見た。

「どうしてもハヤトさんにお礼を言いたく！」

「しかし、ハヤトさんが中々捕まらないもので！」

「今度お礼をしたいのですが、お時間ありますか!?」

「ぜひ、お食事を！」

ハヤトを放ってどんどん話が進むので、その勢いの良さに困惑しているとダイスケが二人を引き剥がした。

「まぁ、お前らもそこまでにしとけ。ハヤトが困ってる」

「あぁ！　申し訳ない！」

「悪い癖が！」

そう言って、ダイスケから久我に引き渡されて、引っ張られていく二人を尻目にダイスケは笑った。

「悪いな、ウチのが」

「いえ。気にしてないですよ」

それはハヤトの本心だ。

誰かから礼を言われるというのはとても嬉しい。

探索者を続けていて、生きていて、良かったと思えるからだ。

「で、ハヤト。どうだ、スキルは〝覚醒〟したか？」

「いや、何言っているんですか。まだですよ」

ハヤトはダイスケの言葉に肩をすくめた。

『世界探索者支援機関』が探索者の威厳付けと企業へのアピールのために作りだしたランキング――『世界探索者ランキング』――の上位百名は、その全員がスキルを〝覚醒〟という至高の領域に届かせている。

それは、人間の想像力の極北。スキルという人間の脳内風景を世界に押し付ける異能の果て。そこに至った人間と、至らぬ人間では、雲泥の差があると言っても良い。

もちろん、『ＷＥＲ』68位にいるダイスケも〝覚醒〟スキルを持っている内の一人である。

《見たことあるのか？　ダイスケの〝覚醒〟スキル》

（あぁ、前に一度だけな）

そして、その仕組みを知ってしまったために、ハヤトはとてもじゃないが自分のスキルが〝覚醒〟するとは思えなかった。

だが、ダイスケはそんなハヤトの思いを知ってか知らずか、バンバンと肩を叩きながら言った。

「そうか。なら、これからに期待だな」

「これから、ですか？」

「あぁ。お前まだ若いしな。ここからいくらでも〝覚醒〟するチャンスは巡ってくるって」

ダイスケからそう言われて、ハヤトは苦笑で返した。

苦笑でしか返せなかった。

そんなこんなでダイスケと世間話を終わらせると、ハヤトはエリナと一緒に受け取り室に向かった。

「座席番号は何番ですか？」

「86番です」

「こちらに探索者証を」

スタッフから指示された通りにハヤトは電子リーダーに探索者証をかざした。それは探索者IDより紐付けられた購入商品の自動決済を可能にするシステムによるものだ。

「こちら【剣術】スキルの『スキルオーブ』となります。確かにお渡しいたしました」

「ありがとうございます」

ハヤトは一礼を返して、持ってきていたポーチにしまい込む。

しかし、ハヤトからすればそんなシステムのことなど微塵も興味が無いので、探索者証を機械に読み取らせたらなんか商品が受け渡された、くらいの認識である。

『スキルオーブ』をポーチにしまい込むついでに、スマホで時間を確認したらもう23時を回っていた。

〈今日は帰ったらもう寝たい……〉

《明日も探索だからな。しっかり休むと良い》

ヘキサから労いの言葉を貰いながら、部屋から出た。

その時、ハヤトが部屋から出るのを待っていたかのようなタイミングで、横から「どーん！」という声とともに、ハヤトはタックルを食らった。

あまりに突然のことに、思わずハヤトもたたらを踏む。

「え、何？　誰⁉」

「だーれだ」

目も隠されずに聞かれたので、ハヤトは声の主を見てから言った。

「……ツバキか」

「そう！　ハヤちゃんの愛人に降格しちゃった、可哀想な可哀想なツバキちゃんです」

「愛人って何？　モンスターの種類か？」

「うん。まぁ、そんなところ」

ハヤトの本気の問いかけを、ボケていると思ったのかツバキは無視。

そもそも、子供をコウノトリが運んでくると、本気で思っているレベルで性知識が止まっているハヤトのことをツバキは知らなかった。

「それでね、ハヤちゃん。私はハヤちゃんの愛人として気になるわけ」

「何が？　何を？　何のことを？」

「ハヤちゃんの想い人だよ」

そういえば、オークションに入る前にそんな嘘を吐いたな……と、思いながら『あれは嘘だぞ』と続けようとして、ハヤトは立ち止まった。

（なぁ、ヘキサ）

《どうした》

（ここで嘘だって言わない方が良いよな……）

《間違いなくな》

ヘキサの言葉に、ハヤトは震えた。

まず、ここでツバキに『あれは嘘だよ』と言ったらどうなるか。

間違いなくツバキはハヤトの異常な演技力を疑問に思う。間違いない。

そして、彼女は推測の先にハヤトが外でなんらかのスキルを使ったことを突き止めてくるだろう。彼女にはそれができるだけの論理的思考能力がある。

だが、外でスキルを使ったことがバレるというのは、そのまま彼女に弱みを握られることを意味する。

《今更、スキルを使ったとかどうか慌てるものでもないだろ……》

〈いや、ダメなの！　犯罪ッ！〉

たとえ【スキルインストール】が勝手に入れたものだとしても、だ。

嘘だったなんて言えない。言えるはずもない。

「……別に俺が、誰を心に決めてたっていいだろ」

「良くないよ」

「なんでだよ」

「だって私はこれまで、お父様とお母様が勧めてくるお見合いの話や、政略結婚の話を全部『ハヤちゃんと結婚するから』で避けてきたんだよ？　でも、それだけだと断れないから、『D&Y』を立ち上げて結果で黙らせた。これ全部、ハヤちゃんと結婚するため」

そこまでいつもの表情で言い切ったツバキだが、そこにはいつもと違って軽薄さが欠如していた。

彼女は、本気でそれを言っているのだ。

《モテモテだな》

〈お前、本気で言ってんの？〉

こういうのは、モテているとは言わない。

狙われていると言うのである。

「そうやって頑張ってきたのに好きな人がいるからって言われて、『はいそうですか』って引けると思う？」

「……ん。いや、まぁそれは」

確かにツバキの言うことにも一理あるな……と、ハヤトは思った。思ってしまった。

その隙を見逃すこと無く、ツバキは続ける。

「だからね、ハヤちゃん。私は納得したいんだよ。果たしてハヤちゃんの想い人が、私の諦めるという行為に対して釣り合うかどうか。ハヤちゃんと結婚するためにやってきたいくつものことに対して、ちゃんと精算ができるのか。それを知りたいんだよ」

「それは……」

ハヤトは口ごもった。

ヘキサはヘキサで、どうしてさっきの今で言いくるめられてるんだこいつ、と呆れた目でハヤトを見ていた。

「藍原ちゃんなんて、さっきのハヤちゃんのあれを聞いてから泣きながら帰っちゃったよ？」

「おい、どさくさに紛れて嘘をつこうとするな。シオリがそんなことで泣くわけないだろ」

「あ、バレた？　泣いたのも帰ったのも嘘だよ」

ツバキはへらりと、悪びれた様子もなく言った。

こういうことがあるから、こいつは信用できないんだよ……。ハヤトは深くため息をついた。

「で、結局何なんだ。お前はどうしたいんだよ」

「だから、単純だよ。私は、ハヤちゃんの想い人に会いたいの」

「……はい？」

「だからさっきからずっと言ってるでしょ。私は納得がしたい。もしハヤちゃんが、若気の至りで心に決めた人がいるなんて言っているなら、奪えるし」

「奪うなよ」

「そうだね。次に予定が空くのが一週間後だから、その時に連れてきてよ」

「もし俺が断ったら？」

「天原にハヤちゃんの居場所ばらそっかな」

「いや、無駄だぞ。俺は既に天音と出会ってる」

「あ、そうなんだ。でも、向こうはハヤちゃんの住所は知らないでしょ？」

「…………」

　ハヤトは思わず黙り込んだ。それが、答えだ。

　アマネはハヤトの説得に納得して、引いてくれた。たとえその理屈が無茶苦茶でも、アマネは、こちらに歩み寄ろうという立場は見せてくれた。

　だが、他の奴らはそうとは限らない。弟と母親、そして何よりも父親が、引くとは思えない。だから住所がバレるのは、ハヤトにとってリスクにしかならない。

「脅しなんて……褒められたことじゃないだろ」

「無言の婚約破棄の方が褒められたことじゃないよ、ハヤちゃん」

　思わぬツバキの正論が飛んできて、これにはハヤトも無言。

　そして彼女はハヤトの返答を待つことなく、

「じゃあ、また後で連絡するから来週ね」

　それだけ言って、会社の人間と一緒に消えていった。

「……やばい」

　周りに誰もいなくなったのを確認して、ハヤトはぽつりと漏らした。

「やばいやばいやばいッ！　どうしよ⁉　どうしたら良いと思う⁉」

　顔面は蒼白で、心臓の音も過去一跳ね上がっている。

何なら24階層で、『招かれざる来訪者（イレギュラー・エンカウンター）』と戦ったときよりも心臓の音は上がっているかも知れない。
おい、マジでどうするんだよこれッ！
しかし、慌てに慌てているハヤトと違ってヘキサは冷静に言った。
《ふむ。冷静に考えれば選択肢（せんたくし）は二つある》
「選択肢だァ⁉」
《まず、一つ目は「嘘をついてごめんなさい」路線だ。私はこれがもっとも損失を抑えられると思うが》
「それ言ったら俺がツバキと結婚させられるだろ」
《お前はそう言うだろう。だから、お前が取るのはもう一つの選択肢だ》
「なんだよ」
《来週までに嘘の恋人（こいびと）を用意して、ツバキに紹介（しょうかい）するんだ》
「…………」
《想い人、という路線で、まだ知り合っていないけれど一目惚（ひとめぼ）れした……という言い訳も考えたのだが》
「そ、それだッ！　それで良いじゃん！　知り合ってないならツバキに紹介しなくても良いし」

《知り合っていないなら、簡単に奪えると思いツバキが納得しない可能性の方が高い》

「確かに……」

《というわけで、ハヤト。お前がやるべきことはただ一つ。今から、偽の恋人を探せ》

「……まじかよ」

静かにハヤトはうめいた。

今まで恋人どころか恋愛を避けてきたというのに、急にそんなことを振られてもハヤトとしてはどうしようも無いというのが現実だ。

いや、全ては自分が蒔いた種なのだが。

《マジもマジ。大マジだ。それもツバキが納得して、婚約を諦めるに足るだけの相手をな》

「そんなやついるのか？」

「お兄様！　私がいます！」

「いや、エリナはまずいだろッ！　色々とッ！」

それに、彼女はツバキに『妹だ』と説明してしまっている。今更、エリナがそういう相手だったとなると、ただでさえこじれた話がさらにこじれかねない。

《だが、それ以外に道は無いだろう》

「……あぁ、もう。分かったよ」

ハヤトは天を仰ぎ見ながら静かに漏らす。

ツバキとの関係を放っておいたのは自分の責任だ。

天原と縁を切りたいと思っているのは自分の願望だ。

この話に本来、決着つけなければいけないのは自分だ。

「……探すよ。探してみるよ」

だとすれば、ハヤトにはそれしか道は残されていなかった。

第3章　不運続きの探索者

「頼むッ！　この通りだッ！」

「アンタ、誰に何を頼んでるのか分かってるの⁉」

困ったような、やや引いたような、その中間の顔色でハヤトに逆に問い返したのはユイ。

ギルドにある物陰で思い切り頭を下げたハヤトに、どんな顔すれば良いか分からないと言わんばかりに困った表情を浮かべてるのも仕方が無い。

何しろ彼女はハヤトと一緒に『戦乙女's』で攻略する前の予習をしにギルドに来たのに、急に物陰に呼ばれると、頭を下げたハヤトに頼まれたのだ。

『俺の婚約者のふりをして欲しい』と。

「私、アイドルなんだけど？　アイドルだから、恋愛禁止なんだけど？」

「一週間だけなんだッ！　ちょっとだけ！　ちょっとだけだから！」

「結構あるわよッ！　それに……なんで私なの？　藍原さんでも別に良いんじゃないの？」

「ダメだ。あいつは冗談の分からない女だ」

「まぁ、確かに藍原さんは本気にしそうね。他にアンタの知り合いで頼めそうな人いないの？」

ユイはそう言ったハヤトに、深く息を吐き出して思案。

「言葉の綾ッ！」

「これ冗談なの？」

「中学生に頼めるか！」

「そういえばアンタ、弟子が二人いたじゃない。あの二人じゃダメなの？」

その言葉に、ユイの表情が揺らいだ。

「……うーん」

「いや、ダメだ。こんなことを頼み込めるのはユイだけだ」

ヘキサ元帥の指揮の下、ハヤト二等兵は決死の進軍。

《言われた方もそっちの方が嬉しいだろ》

《なんで？》

《良いか、ハヤト。こういう時は嘘でも、『お前しかいない』と言うものだ》

《んだよ》

後は咲さんくらいだな、と半分喉まで言いかけた瞬間、ヘキサが待ったをかけた。

「それもそうね。というか、アンタってそういうところ意外としっかりしてるわよね」

そう言ってユイに褒められるが、そもそもハヤトが澪とロロナに頼めないのは何も中学生だからだけではない。

ロロナは『厄災十家』の出身だ。つまりは反社会的な勢力の一つであり、いかに子供だとはいえ、そんなところの生まれだと分かればツバキに何を言われるか分からない。

そして、澪だが……澪とは、ハヤトはどう接して良いのか最近分からないのだ。

それも全てシンに襲われた後の、口移しポーションが元である。あんなことがあって、前と同じように接しろというのは流石に無理があるだろう。

しかも恐ろしいのが、澪はあれから何も無かったかのように振る舞っているのだ。それが何よりも怖い。

「それにしても、なんで婚約者なの？　恋人じゃなくて？」

「正直なところどっちでも良いんだ。誤魔化せれば良い」

「誰を？」

「……元許嫁」

「なんで大事なところで冗談言うのよ。言いたくないなら言いたくないで良いわよ」

ユイは深くため息を吐き出した。

ハヤトはむしろ正直に伝えたのだが、現代日本で許嫁がいたというのを信じる方がどうかしているという考え方もできるので、それには何もツッコまなかった。

「とにかく訳ありってわけね？　はぁ、分かったわよ。アンタの頼み聞くわよ」

「本当か⁉　ありがたい！　この埋め合わせは……」

「もちろん、私のお願いも聞いてもらうわよ？」

当たり前でしょ？　と、言わんばかりに笑みを浮かべたユイに、ハヤトは「それはもう」と頷いた。頷いてから、続けた。

「でも、ユイ。流石に俺の内臓は売れないぞ？」

「本当に私のことなんだと思ってるの？」

ユイに真顔で聞き返されたが、つい先日、絡まれた男に天原の身体は内臓をバラして売ったら数千億になると言われた側としては、割と真面目に言ったつもりだった。

「それで、ユイの頼みって？」

「欲しい『スキルオーブ』があるの」

「買えとッ⁉」

「そんなわけないでしょ。私がアンタにたかる女に見えるわけ？」

「うん」

「縛(しば)るわよ」

ユイはそう言うと、スマホを取り出した。

「あのね、ハヤトは知らないと思うから説明するけど、私は『状態異常付与者(デバッファー)』で」

「知ってるけど」

「持ってるスキルは【毒付与(ポイズン)Ｌｖ３】【麻痺付与(パラライズ)Ｌｖ３】【睡眠付与(スリープ)Ｌｖ２】【肉質軟化(リダクション)Ｌｖ１】……」

「多くないか？」

「そして【混乱(コンフュージョン)Ｌｖ１】と、【スキル消費ＭＰ軽減Ｌｖ１】なんだけど」

「多いな」

二つしかスキルを持っていないハヤトからすると、羨(うらや)ましさの塊(かたまり)である。

「でも、そんなにスキルを持ってて、他に何のスキルがいるんだ？」

「【魅了付与(パフューム)】スキルと【ドレイン】スキルよ。32階層でドロップするって報告があるのよ」

「【魅了付与(パフューム)】って、あれだろ？　モンスターを味方につける状態異常スキルの」

「そうよ」

「なるほどね、ユイが【魅了付与(パフューム)】を」

「何か文句でもあるの？　縛るわよ」

ユイを上から下まで見ながらそう言ったら怒られた。冗談だったのに。

けれど、【魅了付与】は状態異常付与者であれば、必ずと言っていいほど必要なスキルだろう。ハヤトはユイが『欲しい』と言っている意味を理解した。

「……ん？　その状態異常って『混乱』とは違うのか？」

ハヤトの疑問は、以前にユイと共に戦った際に見た状態異常『混乱』についてだ。あれもモンスターが他のモンスターと戦うようになった状態異常のはずなのだが……。

「『混乱』は敵味方の区別がつかなくなるスキル。『魅了』はモンスターを味方にできるスキル。全然違うわよ」

「はぇー」

ユイの分かりやすい説明にハヤトは唸った。

ちなみにだが、【ドレイン】は敵モンスターからＭＰを奪い取り自分の物にするスキルである。これもまた、魔法使いなどスキルを主体とする戦い方を行う探索者にとっては必須のスキルだ。

これで、ＭＰ切れでユイが吐くことは無くなるな！

とハヤトは言おうとしたが、流石に呑み込んだ。彼にも最低限のデリカシーというものはある。

「というわけで、潜るわよ。私の相棒」

「ユイって自分に都合の良い時だけ俺を相棒って呼ぶよな」

「アンタも一緒でしょ」

……はい。

というハヤトの頷きもまた、心の中で呑み込んだ。

そういうわけで、二人してやってきたのは32階層。

出迎えてくれたのは、空に大きく浮かぶ巨大な月と、満天の星。そして、塊村と呼ばれるタイプの集落だ。レンガで造られたその村と村の中心にある小さな教会は、およそ中世のヨーロッパにタイムスリップしたかのような気持ちにさせてくれる。

村の周りには畑と森がエリアの端まで広がっており、地面に見える細い道をまっすぐ進めば、これもまた別の村に繋がっている。

けれど、この階層には建物があるものの人の気配がしない。いっそ、不気味なまでに。

ここは『夜村』エリアと呼ばれている場所で、その名の通り何時間経とうとも、決して夜が更けることは無いエリアだ。一時間ごとに昼夜はおろか季節まで変わってしまう25階層の『山岳』エリアとは真逆にあるような階層である。

だからだろうか。この階層に出てくるモンスターは、どいつもこいつも『夜』に関係するモンスターばかりだ。

【魅了付与】も【ドレイン】も、『スキルオーブ』をドロップするのはサキュバスよ」

「サキュバスなぁ」

　ハヤトはユイの言葉を繰り返す。

　無論、彼も32階層を突破する時に戦った敵だ。真正面から戦えばハヤトの脅威となるようなモンスターでは無い。

　無いのだが、【幻影魔法】や【睡眠付与】など強力な絡め手を使ってくる。

　それになにより、最も脅威なのはサキュバスたちが持っている【魅了付与】だろう。それは男であれば近づかれただけでその毒牙にかかってしまい、マトモに戦うことができなくなるのだ。

　噂によると32階層の攻略途中にサキュバスを過小評価し、『魅了』にかかってしまった挙げ句仲間内で殺し合い全滅した前線攻略者のパーティーがいるとかいないとか。

「あ、そうだ。ハヤト。私がいるから問題無いと思うけど、サキュバスの『魅了』に気をつけなさいよ」

「解呪スキルもってたっけ？」

　ユイの言い方にハヤトは思わず疑問をいだいた。

確かに彼女は状態異常付与者(デバッファー)なので、反対に状態異常を解除するスキルを持っていてもおかしくないのだが、ついさっき聞いたばかりのスキル構成に状態異常を解くためのスキルは一つもなかった。

「何を言ってんの？　私が隣(となり)にいるのに、サキュバスなんかの魅力(みりょく)に引っかかるわけないでしょ」

「うん？」

「私が可愛(かわい)いって言ってんの。もっと嬉しそうにしたらどうなの」

「……俺はユイと攻略できて嬉しいよ」

「いまいち納得行かないけど、まぁ良いわ。許してあげる」

それで良いのか、と自分で言っておきながらハヤトは思わず困惑。

そんなくだらない話をしながら、サキュバスと出会(エンカウント)うために歩き続けていると、森の中から二本足で走る狼(おおかみ)が二匹(ひき)、飛び出してきた。

〝【身体強化Ｌｖ５】【裂傷耐性(れつしょうたいせい)】【暗視】をインストールします〟

〝インストール完了(かんりょう)〟

【スキルインストール】の声が脳内に響(ひび)き渡るのと同時に、視界が開ける。【暗視】スキルによって、目が利くようになった証拠(しょうこ)だ。

「人狼ね。一匹縛るわ」

「任せた」

言うが早いか、ハヤトは胸元に手を入れユイに隠すようにして【武器創造】スキルを発動。手元がわずかに歪んで、小さな短剣が出現する。追加効果は『AGI+12』。

素早さに補正がかかったハヤトは、自らの喉元に向かって人狼の爪先が迫りくる中、それを上回る速度でその喉を切り裂いた。

もう一匹の方を見れば、ユイの状態異常により『麻痺』状態で立ったまま硬直。隙だらけだ。だから、ハヤトは余裕を持って人狼の心臓に向かって短剣を射し込んだ。

肉を貫く重たい感触が手に伝わってくると同時に短剣を引き抜く。

どぱ、と真っ赤な血液が月の光で照らされて美しく輝くと人狼は黒い霧になって消えていった。どちらもアイテムドロップは無し。

「幸先悪いな」

「ここで運を使わなかったからマシよ」

なるほど、そういう考えもあるのか。

そう感心したハヤトだったが、彼の幸運値は3。

運を使うもなにも、元々無いしな。なんてことを考えながら武器をしまい込んだ。

「次、探すわよ」

「いや、その必要はないぞ」

ハヤトは胸元に隠して、消そうと考えていた短剣を握(にぎ)り直す。

彼の視線の先に立っていた、空中に浮いている一匹の女性型モンスター。胸元を大胆(だいたん)に開けたドレスは、太ももを見せつけるかのように大胆にスリットが開いており、それに何よりも丈が短い。

どうやっても見間違(みまちが)えるはずもない。そこにいるのは、サキュバスである。

〝【裂傷耐性】を排出(イジェクト)〟

〝【水属性魔法(まほう)Ｌｖ５】をインストールします〟

〝インストール完了〟

その言葉が脳内に響くと同時に、ハヤトは【水属性魔法】を発動。

「『ウォーター・ヴェント』ッ！」

目の前の世界が捻(ね)じ曲がると、ハヤトの目前に出現したのは水の棘(とげ)。それが何本も出現すると、サキュバスに向かって射出される。しかし、サキュバスは不敵に笑うと、その場でふわりとターン。

次の瞬間、ハヤトの放った水の棘はサキュバスを貫いて、するりと通り抜けた。

魔法を食らったというのに、サキュバスの姿はまるで蜃気楼のように揺らいだだけで、傷を負った様子も、ダメージを食らった様子も見せない。

「……幻影か」

それはサキュバスが得意とする【幻影魔法】。幻覚ではなく、幻影。敵に幻の姿を見せることで、初撃の回避を絶対にする回避魔法である。

ということは、本体がどこかにいるということで、

「ハヤト！　後ろッ！」

「……ッ！」

ユイの言葉に後ろを振り返った瞬間、ハヤトの後頭部に柔らかい感触。後ろからしなだれるように、サキュバスの柔らかい身体がのしかかる。

『……可愛い子』

耳元で囁かれるのは、蠱惑的な声。それは『魅了』に落とし込むための合図。ハヤトの意識がどろりと溶かされて、状態異常に――陥らない。

「残念だが」

ハヤトは短剣でサキュバスの豊かな胸を一突き。

「俺には効かねぇよ」

次の瞬間、サキュバスは絶命し黒い霧になって消えていく。

（サキュバスって男が戦うと『魅了』で戦いにならないみたいな話だったのに、普通に戦えるよな？）

《……ん。まぁ、お前はそうだな》

（やっぱり、俺って【魅了耐性】持ってんのかな？）

《……そうかも知れんな》

事情を知っているヘキサは渋い顔。

そう。ハヤトに状態異常である『魅了』は効かない。効くはずがないのだ。

何しろ彼の性知識は『コウノトリが子供を運んでくる』で止まっており、いかに人智を超えた存在であるスキルといえども、相手に存在しない概念を植え付けることはできない。

よって、ハヤトに『魅了』は効かないのである。

だが、そんなカラクリなど知らないハヤトは上機嫌。

（もしかしたら、俺にもちょっとだけ〝魔祓い〟の才能があったのかもな！）

なんて言っているハヤトに、ヘキサはどう声をかければ良いのか分からず、ただ温かい目で見つめることしかできなかった……。

「やったわね、ハヤト。それにしてもアンタ、サキュバスのスキルが効いてなかったみたいだけど、耐性スキルでも持ってたの？」

「いや、持ってないけど、俺には効かないんだ」

ハヤトは胸を張ってドヤ顔。

それに不思議そうな表情を向けながらも、ユイは「ま、私がいるからかしら」と呟いた。

それにツッコむ人間はこの場には不在である。

「それで、問題はドロップアイテムよ。『スキルオーブ』あるかしら」

「そんなすぐには落ちねぇだろ」

そう言ってハヤトはサキュバスの消え去った後を見たが、案の定というか『スキルオーブ』は落ちていなかった。

当たり前である。『スキルオーブ』の出現確率は小数点以下。一匹倒して、すぐに手に入るようなものだったら、ハヤトも他の探索者もスキルの獲得に苦労していない。

その代わりに落ちていたのは、瓶に入ったポーション。

モンスターを倒してポーションが落ちるというのも変な話だが、そもそもここは全てがおかしなダンジョンだ。モンスターを倒せばポーションが落ちるのである。

「なんだこれ」

「魅了度上昇のポーションですって。いる？」

ハヤトが聞くよりも先にスマホでアイテムを読み取ったユイが教えてくれた。しかし、ハヤトはユイが使った単語の意味が分からずに首を傾げた。

（魅了度なんてステータスあったっけ？）

《隠しステータスだろうな。何もダンジョンだからと言って、その全てを数字にできるわけじゃない》

（……ふむ。魅了度があがったらどうなるんだ？）

《知らないのか？　異性にモテる》

（え、まじかよ。欲しい）

《何を言う。お前はすでにモテモテだろう。ツバキ、シオリ、ユイ。ほら、ぱっと出るだけで三人だ。良かったな》

ヘキサにそう言われたハヤトは素早く首を横に振った。

「俺はいらねぇよ」

「あげるわよ」

「いらねぇって」

とは言いつつ、結局ハヤトはユイに押し切られて魅了度上昇ポーションを受け取る羽目になった。絶対に後で売ってやる……。

そんなことを決意しながら、ハヤトは武器とポーションをしまい込んだ。

「そろそろ、次を探しましょ」

「これ本当に出るんだろうな、『スキルオーブ』」

「出るまでやるの。そしたら出るわよ」

『言ってることがむちゃくちゃだぞ」

「他にどうしろって言うのよ。それに、あんたの婚約者の振りをしてあげるって言ってるんだから、これくらい手伝っても良いじゃない」

「……はい」

それを持ち出されてしまえば、ぐうの音もでないというものである。

ハヤトは深く息を吐き出すと、32階層を彷徨う亡霊となる決意を固めた。

そして、次なるサキュバスを探して『夜村』エリアを探し続けながら、ハヤトは思わず愚痴った。

（【ドロップ率向上】とか、【幸運値向上】スキルとかインストールしてくれねぇかな）

《頼んでみたらどうだ？》

（頼むッ！　【スキルインストール】ッ！）

ヘキサに言われるがままに、心のなかで両手を合わせて誠心誠意【スキルインストール】

に祈ってみたが、予想通りに【スキルインストール】はうんともすんとも言わなかった。当たり前だが、【スキルインストール】は自動発動スキルである。ハヤトの意のままに動くわけがない。

というわけで、通常のドロップ率のままハヤトたちはモンスターハントを開始。

やることは32階層をふらついて、出会ったサキュバスを倒す。これだけである。

しかし、やることは単純作業だし、数時間も続けて狩っていれば、『本当に出るのか？』という気持ちも鎌首をもたげて来るし、さらには階層がずっと夜というのが相まってすっかり気が滅入ったハヤトたちは一度『ギルド』に上がって休憩を挟むことにした。

ギルド内に併設されているチェーンの喫茶店に入ってランチセットを頼んだハヤトは、運ばれてきた水を一口で全部飲み干すとため息とともに言葉を絞りだした。

「……本当にドロップすんのか？」

「……落ちるのよ。そう書いてあるんだから」

「どこに」

「攻略アプリ」

そういってユイから見せられたスマホの画面には、確かにサキュバスのドロップアイテムに『スキルオーブ』がある。ハヤトも自分のスマホで確認したが、そう書いてあった。

だとすれば落ちるのだろう。ハヤトたちが使っているアプリは、探索者の中でも有志たちの活動によるものの情報が載(の)る時は、ギルドの裏付けが行われた時だ。

ダンジョンに関する情報は嘘(うそ)が混じれば人の命が関わってくる。故にギルドもピリついて対応に当たっているのである。

ハヤトがスマホをしまい込むと、可愛らしく水を飲んだユイがコップを静かにテーブルに置いて尋(たず)ねてきた。

「ハヤト。今日はいつまで暇(ひま)?」

「16時までだな。それからは弟子(バンド)と一緒(いっしょ)に攻略だ」

「なら、ご飯食べたら、その時間までもう一回潜るわよ」

「うへぇ……」

「何? 不満なの?」

「いや、別に。ただ……」

「ただ?」

「我慢強(がまんづよ)いな、と思ってさ」

「誰が?」

「ユイだよ。分かって聞いてるだろ」

数時間同じことを淡々と繰り返しても嫌な顔ひとつしない我慢強さをユイは持っている。

だが、ハヤトの言葉にユイはなんてこと無いように言った。

「別に。レッスンに比べれば大したこと無いしね」

「レッスンねぇ……。大変だなぁ、アイドルも」

ハヤトは静かに呟くと、続けた。

「前にも聞いたような気がするんだが、ユイはなんでアイドルになろうと思ったんだ？」

「……理由なんて無いわよ。ただ、これしか無かっただけで」

その言葉をそのまま飲み込んでしまえるほど、ハヤトは人の機微に気づかぬ間抜けでは無い。けれど、その言葉の真意を掘り下げようとするほど、間抜けでも無かった。

ただ、漠然とユイのことを何も知らないな、と思った。

《それで良いのか？》

（え、何が？）

《いや……。お前の人選についてどうこう言うつもりもないが、ツバキにはユイのことを『心に決めた相手』として紹介するんだろ？》

（あぁ。そのつもりだけど）

《それなのに、相手のことを一つも知らないのは大丈夫なのか？　例えば……そうだな、

恋人同士で誕生日を知らないというのも変な話だろう》

（そ、そうなの？　彼女できたこと無いから知らないんだけど……）

《そういうものだ。後はそうだな、好きな食べ物とか嫌いな食べ物とか。ここらへんは普通、知っておくべきものじゃないのか》

（………）

ハヤトはヘキサにそう言われて『一理あるな』と思った。

思ってから、冷たいものが背筋に走った。

確かにヘキサの言う通りだ。ユイをツバキに『運命の相手』として紹介するのであれば、それくらいは知っておいて当然だ。

むしろ答えられないのであれば、すぐにハヤトがユイに『心に決めた相手』の振りを頼みこんだことがバレてしまう。ツバキならそれくらいは看破してくる。そういう嫌な信頼があるのだ。

だから、ハヤトはユイを前にして呟いた。

「ユイ。まずいことに気がついた」

「まだ料理は運ばれてきてないのに？」

「そこじゃねぇよ。というか、俺は何でも美味いと言って食べるぞ」

「それは聞いてないけど。それで、何がまずいの？」

ユイはため息と共に首を傾げた。

「俺はユイのことを何も知らない。これだと、俺がユイに恋人のふりを頼みこんだことがバレる」

「……ん？　うん。確かにそれはそうね」

思えばユイと出会って一ヶ月。一緒に戦ったり、一緒に病院に搬送されたり、数時間に亘って興味のないライブの映像を見させられたこともあった。

それだけのことを一緒にやってきたのに、よくよく考えてみればハヤトはユイのことを名前と年齢、そしてアイドルをやっているということ以外ほとんど知らないのだ。

「言われてみれば、私もハヤトのことを全然知らないわ」

「だろ？　このままだとすぐに嘘がバレる」

ハヤトの言葉に、ユイは難しい表情を浮かべた。

「でも、私はハヤトの何を知れば良いのよ。私は恋人ができたことないからよく知らないけど、そういうものって長い時間をかけてゆっくり知っていくものでしょ？　あと一週間でどうにかなるようなものなの？」

「どうにかしなきゃいけないんだ」

とは言っても、ハヤトに具体的な案があるわけではない。

というわけで、作戦会議を開始。

今まで恋人が出来たことのない二人が座席に座って、あーでもないこーでもないと、無駄な議論を交わしていると、よく知った顔に声をかけられた。

「何のお話をされてるんですか？　ハヤトさん。ユイさん」

「あっ、咲さん」

そこには昼休みになったのか、『ギルド』の制服を脱いで私服姿になった咲がいた。

《咲さんの私服姿、初めて見たかも》

《え、知り合ってから二年も経つのに……？》

ヘキサにツッコまれながら、ハヤトが咲の私服に見とれていると、机の下でユイにスネを蹴られた。なんで。

しかし、スネを蹴られた痛みでハヤトの脳内に妙案が浮かんだ。

「そうだ！　咲さん。ちょっと悩んでることがあって……」

「お悩み相談ですか？　私でよければのりますよ」

笑顔で答えてくれる咲。

《咲さんは良い大学出てるし、名案を出してくれるかも！》

《別に学歴と恋愛は関係ないと思うが》

（え？　でも、あれだろ？　大学にいけば恋人ができるんだろ？）

《どこで覚えたんだ？　その偏見》

しかし、ユイもハヤトの思う通り、咲に相談した方が早いと思ったのか荷物をまとめて、自分の隣に座るように言外に案内していた。

「それで、ハヤトさんとユイさんは何に困っているんですか？」

改まってそう聞いた咲に、ハヤトはオブラートに包んで現状を説明した。

その女性を諦めさせるためにユイに偽の恋人を頼んだということ。

変な女性に追われているということ。

けれど、ユイもハヤトも互いのことを知らないせいで、すぐに嘘のメッキが剥がれてしまうかも知れないということ。

なるべく分かりやすくなるようにハヤトはヘキサの言葉をそのまま伝えると、咲は「そうですね……」思案を始めた。

そして、すぐに表情を輝かせた。

「質問表の質問にお互いで答えていくのはどうですか？」

「質問表、ですか？」

ハヤトの問いかけに咲はスマホを取り出すと、素早く検索。

そして、一つのサイトを見せてくれた。

そこには『これで完璧！　彼氏との絆を深める30の質問！』というタイトルと、ピンク色のファンシーなＷｅｂサイトが映っていた。

「こういうサイトがあるんですが、ここにある質問をお互いにしていくのはどうでしょう？」

「へぇー。こんなのあるんだ……」

咲の隣に座っているユイは興味津々に、そのサイトを覗き込んでいた。

無論ハヤトも初見なので、咲のスマホ画面を眺める。いくらなんでも30の質問は多すぎないか……と、思いながらハヤトはスマホから目線を離して、咲に尋ねた。

「咲さんも彼氏さんとこういう質問しあったんですか？」

「いえ、私も恋人は作ったこと無いので……」

そういって視線をそらす咲。

そして、恥ずかしそうに続けた。

「ただ、彼氏が出来ればこういうの一緒にやりたいな……って」

その言葉に、ハヤトの隣で浮かんでいたヘキサが《ふむ》と漏らした。

《頭で恋愛するタイプだな》

（訳知り顔で言いやがって……。ヘキサも高みの見物してないで、何か案をくれよ）

《そうだな……。同棲してみるのはどうだ》

（同棲……？）

《恋人同士で一緒に住むことだ。一緒に住めば見えてくるものもあるだろう》

（お前、それ本気で言ってんの？）

《本気で言ってると思うか？》

　逆にヘキサに聞かれてハヤトは閉口。

　こいつ、完全に他人事だと思ってんな……。

　というハヤトの恨み節は、ぽんと手をうった咲の言葉にかき消された。

「そうだ！　良いこと思いつきました。名案です」

「「名案？」」

　ハヤトとユイの言葉が重なる。

「そうです。当たり前過ぎて見落としていたんですが」

　二人の視線を一身に受けながら、咲は笑顔で続けた。

「お二人でデートをするんです」

　その言葉にハヤトとユイは目と目を見合わせると、しばらく無言で見つめ合った。

　灯台下暗し、ということわざがある。簡単に言えば、身近なところにあるものは気づきにくいということわざだが、今回のが正にそれに当てはまるだろう。

　恋人の振りをするのであれば、一番早いのは本当に恋人っぽいことをすることだ。

（とはいっても、本当にデートすることになるとは……）

《良かったな。デートできて》

（相手はユイだぞ……）

《今をときめく話題のアイドルだろう？　顔も良いし、性格を考えないこととすれば、悲しむべきところは何もないと思うが》

（なんでそこに目をつむるんだ。一番大事だろ……ッ！）

　ハヤトが立っているのは駅前の待ち合わせ場所である。

　よく恋人たちが待ち合わせをするというネットの情報を元に二人で選んだ待ち合わせ場所だ。それに情緒もクソもあったもんじゃないが、まずはなにより形からである。

その形からを守るべくハヤトは、エリナが【裁縫(さいほう)】スキルで作ってくれたシャツを着込(きこ)んでいた。

シャツと言っても真っ白で下は黒スキニーである。周りを見回せば数十人は簡単に見つかるようなテンプレートな服装だが、シンプルイズベスト。

これが中々似合っていた。オシャレになんて微塵(みじん)の興味もないハヤトだが、自分が良く見えるならテンションも上がるというもので、デート前に少しだけテンションを上げていると背中を後ろからつつかれた。

ちらりと後ろを振り向くと、そこにはピンク色のパーカーを着て、頭からフードをかぶった少女が立っていた。

「……待った?」

ぽつりとフードの中から漏れるのは照れくさそうなユイの小声。

弱々しい、と言うべきか。緊張(きんちょう)していると言うべきか。

そんなユイの態度を見るのが初めてで、ハヤトはあっけに取られた。

「いや、いま来たところだけど……」

「あんた良く恥ずかしげもなくそんなこと言えるわね」

ハヤトがそう答えると、ユイはフードを外して呆(あき)れたようすで返してきた。

その様子がいつものユイで、安心したハヤトは調子を取り戻す。そして、ユイの服を上から下まで見てから、少し言葉を失った。

「それにしても……服、凄いな」

「何が？」

「いや、目立つだろ。それ……」

ユイが着ているのはピンク色のパーカーで、その中からはこれまた同じようにピンクのTシャツが見えている。しかもそのTシャツの胸元には『Yui』とファンシーな文字で書いてあった。

「どこで売ってんの、その服」

「これ？　私のグッズよ」

「さいですか……」

堂々とした態度で言われてしまえば、ハヤトとしても反応のしようがない。

「いる？　私の余ってるからあげるわよ」

「やだよ。それ着たらユイのファンみたいじゃん」

「似たようなものでしょ」

「全然違うだろ」

それにしても上半身は全部ピンク。はっきり言ってド派手な格好すぎるというのに、通行人がユイに反応している様子が見えない。平日の昼間とはいえ、駅前にはそれなりに人がいて、ユイを知っていそうな人間も歩いていると思うのだが、一向に反応しない。まるで、ユイの姿が見えていないかのように。明らかにそれは異質だ。

それを不思議に思ったハヤトが内心で首を傾げていると、それに気がついたユイが尋ねた。

「どうしたの？　ハヤト」

「……いや、アイドルだってバレたらマズいのに、よくそんな派手な格好で来たなって思ってさ」

「あぁ、そういうことね。心配はいらないわよ。これがあるから」

そういってユイがハヤトに見せたのは、右の人差し指にハマっている一つの指輪。

「なんだこれ」

「これは【認識阻害(にんしきそがい)の指輪】。マネージャーが事務所の社長にかけ合って貸してもらったの。これを着けてると、そこにいることは分かるけど、そこにいるのが誰(だれ)なのかが分からなくなるの」

「便利なもんだな……」

古い木目に、赤い宝石のはめ込まれた指輪を見ていると、ハヤトの中にある疑問が湧いた。

「……うん？　じゃあ、なんで俺はユイだって分かったんだ？」

「私が話しかけたからよ。それで【認識阻害】の範囲から外れたの」

「へー。便利な指輪だな。ダンジョン産？」

「これがダンジョンから出てこなかったらどこから出てくるのよ」

「それもそうだな」

確かにそんな指輪を今の人類の科学力で生み出せるとは思えない。生み出せるとしたら『異能』の範疇になるが……似たような魔術はあるとはいえ、指輪を着けるだけで簡単に人に認識されなくなるような便利な魔法はない。

つくづく、ダンジョンというのは恐ろしいものだ。

ハヤトへの説明を終えたユイは手を下ろす。だがその時ハヤトはユイの左の手首にはまっている銀色のリングに目がいった。

どこかで見たことがあるのだが、どうにも思い出せない。

「ユイ。その腕輪ってさ」

「あぁ、これ？　ファンから貰ったのよ。『アイテムボックス』ですって」

「へぇ、『アイテムボックス』……。ん？　『アイテムボックス』ッ!?」

ハヤトは思わずユイの腕輪を二度見する。

さらっと流しそうになったが、そのアイテムは先日の『探競』にかけられて、1億という破格の値段で購入(こうにゅう)されたアイテムだ。なんで、そんなものをあの場にいなかったユイが持っているのか不思議に思わない方が不思議である。

「なんでユイがそれ持ってんの？」

「前に言ったと思うんだけど、私たちのファンにAランク探索者がいてね」

そういえば前にそんな話を聞いたような気がする。

その探索者からユイは『転移の宝珠(ほうしゅ)』を貰った自慢(じまん)をされた思い出がハヤトの頭の中で走った。

「その人がこの間のオークションで落札してくれたんですって」

「へ、へぇ……」

「でもこうしてみると、良い感じのアクセサリーでしょ？　だから、良いかなって」

ユイは『アイテムボックス』である銀のリングをハヤトに見せながらそう言った。

確かにそうやって見ていると、ただのシルバーアクセサリーにしか見えない。

（アイドルだからって1億のアイテムを贈(おく)る人間の気持ちが分かんねぇ……）

《贈与税(ぞうよぜい)が心配だな》

ヘキサの冷静なツッコミにハヤトは、自分も来年の税金を考えておかないといけないことを思い出して背筋が凍った。税金関係はなるべく考えないようにしていたことなので、全く違う話題で思考から取り除くことにした。

（てかそんな高いもの遊びにつけてくるか？）

《あの場にいなかったからユイは値段を知らないんじゃないか？》

（あぁ、そういうことか……）

二者二様。それぞれの感想を心の中で抱いていると、ユイは手を振った。

『そろそろ、行くわよ」

「行きたいところとかあるか？」

服の構えは万端のハヤトも、先にデートコースを考えておくようなことはしない。

昨晩ヘキサから《考えておいたほうが良いんじゃないか》というアドバイスは貰っていたものの『別に良いだろ、相手はユイだぞ』で乗り切った。

一方のユイも当然ながらデートコースなんて用意しているはずもなく、少し考えてから顔をあげた。

「そうね……。せっかくだから、普段だと行かない場所に行きたいわね」

「普段行かない場所……。水族館とか？」

「違うわよ。ラーメンよ」

「確かに普段行かなそうだけど」

言われてみればユイがそういうものを食べているイメージがハヤトには湧かなかった。

「いつもは食事制限がキツいの。あんな脂質と炭水化物の塊は食べられないのよ」

「じゃあせっかくだし、ラーメン食べに行くか」

そんなこんなで二人して、駅前にあるラーメン屋に向かった。

ハヤトの隣にいたヘキサが、《お前らそれで良いのか》と言っていたが、ハヤトは聞こえないふりをしておいた。

「どこに行く?」

「実はもう決めてるの」

そう行って歩き始めたユイの後ろを、ハヤトは追いかけた。

それにしても話しかけた相手が認識阻害の対象から外れるというのであれば、飲食店で店員に話しかければどうなるんだろう……と思ったハヤトだったが、ユイと一緒に入ったラーメン屋は食券制。

誰に話しかけるわけもなく二人してテーブルに座った。

「ここずっと来たかったのよ。レッスンの時にこの近くを通るんだけど、凄く良い匂いするでしょ？　だから、入ってみたくて」

「駅前だろ？　すぐ来れるんじゃないのか？」

「言ったでしょ。食事制限があるって」

「普段、なに食ってるんだ？」

「そうね、まずは揚げ物が禁止でしょ。菓子パンもダメ。あと、普通にお菓子も食べたらダメだし、カップラーメンもダメ」

「へぇ……」

揚げ物を除いて、基本的にそれらを食べないハヤトは曖昧な相槌をうった。

大変さがいまいち分からない。

「基本的には高タンパクで、低脂質。鳥のささ身とか、ブロッコリーとか、オクラとか。あとは肌を綺麗に保つために、野菜と果物ばっかりね」

「……それ、健康なのか？」

確かにユイが食べているものは健康そうだが、そこまで身体のことに気を使っているのが果たして健康なのか分からなくなったハヤトは首を傾げた。

「さぁ？　別に健康とか、健康じゃないとかどうでも良いわよ。食事は身体を綺麗に見せるための手段だし」

「なおさらラーメン食って良いのかよ」

「それはそれ、これはこれ、よ。ストレスは身体への大敵だし、どうせダンジョンの中で動くんだから実質カロリーゼロっ！」

道理がいまいち見えないが、本人が納得（なっとく）しているなら良いかとハヤトは思い直した。運ばれてきたラーメンを食べようとした瞬間（しゅんかん）、ユイはパーカーのポケットからスマホを取り出して、写真を撮（と）った。

「飯の写真なんか撮ってどうすんの」

「みんなに自慢すんの」

「みんな？」

「『戦乙女（ヴァルキリーズ）'s』のみんなよ」

そういえば六人組（シックスユニット）だったな。

なんてことを考えながら、ハヤトはユイに割（わ）り箸（ばし）を渡した。

「美味（おい）しい〜！」

こいつ、周りから認識されないからって好き放題に声出すな……。

アイドルをやっているからなのか、元からなのか知らないが、ユイは声がデカいのだ。

けれど、とハヤトは思う。

それでも、目の前で楽しそうに食事を摂る人を見て、不機嫌になる人間はいない。

「ハヤトは食べないの？」

「食べるよ」

「あ、煮玉子あげるわ」

「は？」

「代わりにチャーシューちょうだい」

「誰がやるかッ！」

ユイに取られないように慌ててハヤトはラーメンに飛びついた。

そのまま二人して、がっつくようにラーメンを食べると、同時に完食。

外に出ると陽気な太陽と、道行く探索者たちが外を埋め尽くしていた。

「美味しかったわね」

「そうだな」

「また来ましょ」

「食事制限は……？」

ハヤトのツッコミはなんのその。

ユイは近くの自動販売機でペットボトルの水を買うと、

「次行くわよ、次！」

なんて元気そうに言うものだから、ハヤトとしては振り回されるしかない。

「どこ行くんだ？」

「あのねぇ、ハヤト。デートなんだから、アンタだって行きたい場所を言いなさいよ」

「行きたい場所……。そうだな、武器が見たい」

「デート中くらいダンジョンのこと忘れなさいよ」

希望を言ったのに怒られてしまったので、ハヤトはちょっとしょげた。

ユイはすっかり視線を外して「そうねぇ……」と言うと、ぱん、と手を打った。

「カラオケ行くわよ」

「か、カラオケ？　なにそれ」

「歌を歌う場所よ。知らないの？」

「知らない。初めて聞いた」

「じゃあ、初体験じゃない。アイドルの生歌聞けるのなんて贅沢ね」

というわけで、ハヤトはユイに引っ張られながらカラオケ店に連れ込まれた。

初めてカラオケ店にやってきたハヤトはユイの指示のもと受付をさせられると、手を引かれた。

「こっちよ」

「あ、あぁ……」

まるで、初めてダンジョンに潜(もぐ)った時みたいに、おっかなびっくりユイに連れられて個室の中に入った。

「はい、これ」

そして、マイクを手渡(てわた)される。

「ちょ、俺なにも歌えないんだけど」

「じゃあ、私が教えてあげるわ」

「歌、下手なんだけど！」

「関係ないわよ！」

そう言うなり、ユイは手元の端末(たんまつ)を慣れた手付きで操作開始。

ハヤトはぼんやりそれを見ていると、すぐに音楽が鳴り始めた。

あれ、この曲どっかで聞いたことあるな……？　しかし、どこで聞いたかを全く思い出せないでいると、座っているハヤトの二(に)の腕(うで)をユイがつかんで引っ張った。

「この曲、デュエットだから一緒に歌うわよ！」

「デュエットって何!?」

「二人で歌う歌！」

言うが早いか、音楽に合わせてユイが歌い出す。

あ、思い出した。この間、澪たちとスーパーに買い物に行ったときに流れてた曲だ。

しかし、聞いたことあるのと歌えるのは別である。ハヤトはなんとか拙い記憶で歌を歌うと、横でユイが合わせてくれる。

（……こいつ、歌上手いな）

《アイドルだからな》

そして、そのユイの歌が上手いのなんの。まるでお手本のようなリズムと音程で、うろ覚えだったハヤトの記憶も徐々に蘇ると、かろうじて歌えるレベルまでハヤトの歌唱力を押し上げた。

一曲歌い終わると、ユイは口からマイクを離す。

「案外、上手じゃない。ハヤト」

「え、マジ？」

自分で歌っておきながら、びっくりするくらい音痴だったのでハヤトはそう聞き返したらユイより先にヘキサが答えた。

《いや、下手だったぞ》

（うるさいぞヘキサッ！）

　せっかく良くなった気分に茶々を入れられたところで、ユイはカラオケの端末を操作しながら、頷く。

「うん。上手だったわ。楽しく歌えてたし」

「……マジかよ。俺、歌を褒められたの初めてかも」

「歌なんて楽しく歌えれば何だって良いの。次の曲行くわよ！」

　そう言ってユイが入れたのは別のデュエット曲。これも、どこかで聞いたことはある曲だ。全然曲を聴かない自分でもそう思うということは、きっととても有名な曲なんだろうなと思いながら、再びユイと一緒に歌う。

　そうして、まとめて十曲くらい歌うと、ユイはマイクをテーブルに置いて身体を伸ばした。

「疲れた！　飲み物取ってくるわ！」

「え？　あ、あぁ……」

　そしてハヤトの返答を待つこと無く、個室から出ていった。

（……嵐みたいなやつだな）

《そうは言うが楽しそうじゃないか、ハヤト》

隣に浮かんでいたヘキサにそう言われて、ハヤトは「まぁな」と返した。
（楽しいよ。全然やったことのない遊びだし、気を使わなくてもすむし）
《本当に付き合うのはどうだ？》
（馬鹿言え。ダンジョン攻略しなきゃいけないいんだ）
《まぁ、お前はそう言うと思ったよ》
ヘキサはそう言うと、ふわりとハヤトの前で体勢を変えた。
《正直なところを言うとな、私はちょっとお前が心配だったんだ》
（……俺が？）
《あぁ。お前は少し、自分一人で抱えすぎるところがあるからな》
（そうか？　俺は案外、適当だぞ）
《24階層で『招かれざる来訪者』と戦った時は、私の制止を振り切って一人で抱えただろう》
（…………）
《澪とロロナの件にしてもそうだ。お前はダンジョン攻略をすると言いながら、澪もロロナも切り捨てなかった。お前は自分のその手に抱えられないものを、抱えようとする。だから、心配だったんだ》

（……でも、俺は）

《いや、お前にも言い分があることは理解している。だが、今は聞かない。聞かない上で、あえて言わせてくれ。お前はもう少し、休むべきなんだ》

ヘキサにそう言われて、ハヤトは口ごもった。

確かにそうなのかもしれない。ヘキサの言う通りなのかもしれない。

あと十一ヶ月以内に、残った七つのダンジョンを攻略しないといけないという強迫観念のような強い想いは未だにハヤトの心臓を雁字搦めにして、離さない。澪とロロナを、独り立ちできる探索者に育て上げなければならないという想いが、心臓に杭を打ち込んで離さない。その想いが変わらない。

《お前にこれだけのことを抱えさせてしまった責任の一端は私にあると思っている。そんな私が言うのも変な話だが……私は、お前がこうして普通の十六歳みたいな休日を過ごしていることを、本当に心の底から安心しているんだ》

ヘキサにそう言われて、ハヤトは照れくさくなって黙り込んだ。

誰かに心配されるのは、未だに慣れない。なんだか腹の底がむずむずして、素直に受け取れない。だから、ハヤトは話をそらすように口を開いた。

（ヘキサってさ……）

《うん？》

（なんだか、お母さんみたいだよな……）

《おか……ッ！　お姉さんだろ！　それを言うならッ！》

流石にハヤトからそんな言葉が返ってくると思っていなかったヘキサが叫んだ瞬間、個室の扉があいてユイが戻ってきた。その手には、水とオレンジジュースの入ったコップが一つずつ握られている。

「ハヤトってアレルギーあったっけ？」

「無いけど……どうしたんだ？」

「はい、これ。オレンジジュース」

「あぁ、ありがとう」

コップを手渡され、それを受け取ったハヤトはコップをテーブルに置くと尋ねた。

「ユイはジュースじゃなくて良かったのか？」

「歌を歌う時はお湯以外飲まないようにしてるの」

「それも食事制限か？」

「違うわよ。声の通りが悪くなるからよ。私の習慣」

「ガチ勢じゃん……」

「ハヤトだって探索する前は、『治癒ポーション』の準備が整ってるか、武器や防具が壊れてないかちゃんと確認するでしょ」

「まぁ、そりゃ……」

武器は【武器創造】で作っているし、『治癒ポーション』が無くなったので持たずに潜ろうとしていたこともあるハヤトは返事を濁した。

「それと一緒よ。別に大したことしてないわ。それに、まだ歌うわよ！」

「結構歌ったけど⁉」

「何言ってるのよ。まだ歌い足りないじゃない」

それからたっぷり二時間、ユイと一緒にカラオケを楽しんだハヤトはカラオケ店から出た。

ユイは日の光を浴びながら背筋を伸ばすと、ハヤトを振り返って言った。

「そろそろティータイムね。パンケーキかパフェ食べましょ」

「え、まだ腹にラーメンが……」

「行くわよ」

ハヤトに有無を言わさぬよう、ユイは彼の手を取って歩きだした。そうなると、手を払ってまで断るのも変な話なので、ハヤトはユイの後ろを追いかけた。

（というか、食事制限はどこ行ったんだ……）

《デートしてる時にまで食事制限を持ち込むやつはいないだろ》

（そんなんで良いのか、アイドルは）

《そもそもアイドルはデートがダメだろうに》

なんてヘキサからの正論パンチにハヤトは黙り込むと、ユイに連れてこられたのはこれまた駅前の喫茶店。

「ここも前からずっと来たかったのよ」

「レッスン中にでも見てたのか？」

「そう。ずっと見てるばっかりで食べられなかったもの」

意気揚々とユイが喫茶店の扉を開けると、中は相当なおしゃれ空間だった。

内装は木組みだし、陽の光をたくさん取り込むように設計された大きな窓からは午後の日差しが店内に差し込んで、店員とテーブルについている客を照らしていた。

なんだか弟子たちと一緒に武器を見に行ったあの店に似てるな……と、思いながらハヤトは、店から漂うあまりのオシャレパワーに足が止まった。しかも、店内には男がほとんどいない。

これ、俺が入ってもいいの……？　と、二の足を踏んでいると、後ろから背中を押された。

「私はここでも喋れないから、ハヤトよろしく」

「喋れない？　あぁ、指輪か」

「そういうこと」

ここでもユイの代わりにハヤトが対応して、案内されたのは、窓際の席。

季節はもう冬に差し掛かろうとしている頃だったが、午後の日差しは強く、ハヤトの目を刺した。

(日差しが眩しいし、ブラインド閉めていいかな)

《さっきまでオシャレだとか言ってただろ、お前……》

残念ながらデザインと実用性が必ずしもマッチするとは限らないのである。

「ね、ハヤト。どれにする」

「甘いやつ」

「どれも甘いわよ」

なんてやり取りをしていると、ユイもこの場所が似合っているような感じがしてくるが、上半身のピンクのパーカーがどうにもこの場所に合ってない気がして、とても気になる。あと、胸元にデカデカと躍っている『Yui』の文字も。

けれどユイが気合の入ったオシャレをしている姿もあまり想像がつかなくて、ハヤトはこのままでも良いかと思い直した。

　注文したパンケーキは十分と経たずにやってきた。

　ラーメンみたいにパンケーキもユイは写真撮るのかなと思ったが撮らずに速攻食べはじめた。判断基準がよく分からない。そんな彼女を見ながら、ハヤトもユイの後を追うようにしてパンケーキに手を付ける。

「どう、ハヤト。美味しい？」

「美味い。澪とロロナにも食わせてやりてぇ……」

「なんかアンタ、お父さんみたいなこと言うのね」

「お……ッ!?　お兄さんだろ！　そこはッ！」

　なんてさっきのヘキサと似たようなリアクションをしながら、二人は完食。

（食べてばっかりでお腹が重い……）

《ダンジョンで動けばチャラだな》

（それはそうなんだが……）

　ちなみにだが、探索者に肥満を患っているものは誰一人いない。探索は肉体労働だからだ。

　こんなに食べたら動きのパフォーマンスが落ちるかもな、と一端の探索者みたいなことを考えながら、ハヤトはコーヒーを口に運ぶ。苦い。苦いが、パンケーキが甘かったのでちょうど良い。

そして、目の前ではユイが桃の紅茶なるものを飲んでいた。飲み物までピンクなのか……と、ハヤトはちょっとした感動を覚えた。

「理想の休日だわ」

紅茶を一口飲んで、カップをティーソーサーに置いたユイがぽちりと漏らす。

「普段、休みは何してるんだ？」

「完全オフの日は少ないけど……そうね。基本的には家で映画観てるわ」

「へぇ、意外だな」

ユイはもっと活発な印象があった。

休みの日といえども、買い物とか遊びとかで精力的に出かけているイメージがあったのだ。

「そうかしら？　外に出かけるわけにもいかないし」

「目立つからか」

「そ」

「指輪は？」

ハヤトはユイの人差し指にハマっている【認識阻害の指輪】を指差すと、彼女は笑った。

「無理よ。滅多なことじゃ貸してくれないもの」

「俺とのこれで借りられるなら、もっと簡単に借りれると思うんだが」

『アンタ自分のこと過小評価しすぎでしょ。アンタは私の……違うわね。私たちの命の恩人。その恩人とデートするの。これが、大したことないことだと思う？』

「大げさだなぁ」

ハヤトは別に彼女に恩を着せるために助けたわけではない。ただ、期待に応えようとしただけだ。

だから彼女から『恩人』などという言葉が出てきて、気恥ずかしい思いに包まれる。

「大げさじゃないわよ。アンタは私の命の恩人。ハヤトがいなきゃ、私たちは24階層で死んでたもの。今でもたまに夢に見るわ。あの時のことを」

「……怖くないのか？」

「怖くないわよ。ハヤトなら助けに来てくれるでしょ」

「何なんだ、その信頼」

ハヤトはそう言って、笑った。それは自嘲だった。

本当に、本当に心の底から、自分が信頼される理由が分からない。それはユイだけじゃない。ヘキサだってそうだ。

こんな自分を、どうして信じられるのか。

だから、ハヤトは理由を知りたいのだ。納得をしたいのだ。

そうすれば、少しくらいは自分のことを好きになれるかも知れないのだから。

けれど、ユイは肩をすくめて答えた。

「理由なんて無いわよ。強いて言うなら、直感ね」

「直感って……」

「案外、勘は馬鹿にできないわよ。優秀な探索者こそ、直感を頼りにするものだし」

「その勘、鈍ってるぞ」

「そんなわけないじゃない」

ハヤトの言葉を、ユイは笑い飛ばした。

「私は私を信じてる。だから、私は探索者になれたし、アイドルにもなった。どうしてだと思う？　私が私を信じたからよ。そして、それと同じくらい、私が選んだハヤトを信じてる。それ意外に、理由いる？」

「…………」

そうまで言われてしまえば、ハヤトとしてはもう何も言えない。

「……ユイは」

言えないからこそ、素直な感想を伝えた。

「探索者に向いているよ」

「ありがとう。私もそう思うわ」

徹底(てってい)した自己信頼。

それは探索者として、欠かせないスキルだ。

《そういえば、ハヤト。勘は運か、実力か、という話があってな》

（……なんだよ、急に）

《人間は無意識の力が強い。だから、危機的状況(じょうきょう)に巻き込まれた時に言語化……つまりは、意識には浮かび上がらないけれど、普段と違うことに気がついた無意識が『違和感(いわかん)』という形で、ふとその危機を意識化するということがあるという》

（悪い。俺にはお前が何を言っているかさっぱりだ）

《つまり、勘はその人間の持っている無意識の力かもしれないということだ。ユイがお前を選んだのも、言葉にできないが……もしかしたら、ユイの中でちゃんとした理由があるのかもしれないいな》

（……ふん）

ヘキサにそう言われて、ハヤトは鼻を鳴らした。御大層なことだ。

ハヤトが残ったコーヒーを一気に飲み干すと、ユイも同じように紅茶を飲み終えた。

「そろそろ、ここ出ましょう。混んできたし」

「だな。夜にもなるし」

ラーメン食って、カラオケで遊んで、カフェでお茶でもしばけば、そんな時間にもなろうというものである。

外に出ると夕日が差し込んできていて、本当に今日は一日中ずっとユイと一緒にいたんだなと、ハヤトはどこか感慨深く感じた。何が深いのかはさっぱり分からなかったが。

「まだ時間あるし、もうちょっとだけ遊びましょ」

「良いな。次は何する？」

「最後にやっておきたいことがあるの」

「やっておきたいこと？」

「ゲーセン行くわよ」

ゲーセンってなんだ。謝罪の仲間かな、なんてしょうもないことを考えているハヤトの手を引いて、ユイはずんずんと駅前に向かっていく。

彼を連れてユイが入ったのは、どこにでもあるチェーンのゲームセンター。ハヤトがそんな場所に足を踏み入れたことがあるはずもなく、色んなゲームの筐体を物珍しそうに見ているると、ユイが立ち止まったのは大きなピンクの機械の前。

「プリ撮りましょ」

「プリ？　なんだそれ。プリンのことか？」

「はぁ？　プリって言ったらプリクラでしょ。知らないの？」

「知らない」

「じゃあ、教えてあげるから」

そう言って筐体の中に押し込まれたハヤトは、初めて見る光景に目を丸くする。

え、なにこれ。これなにするの？

「簡単に言うと、写真が撮れる機械なの」

「スマホで良くね？」

「良いわけないでしょ」

そんなことを言いながら、ユイは探索者証を取り出すと、端っこの方にあったリーダーに読み込ませた。お金が自動で引き落とされると、ぱっ！　とディスプレイの表示が変わる。

「んー。ノーマルでいっか」

そんなことを言いながらユイはプリクラを操作。

しかし、ハヤトには何が普通なのかさっぱり分からないので、見ていることしかできない。

「ほら、ハヤト。写真撮るわよ！」

ぼけーっとユイが操作するのを見ていたら、いつの間にか再びディスプレイの表示が変わっていた。

「ほら、笑って」

「え、こ、こうか？」

ユイがアイドル顔負け――アイドルなのだが――の笑みを浮かべる横で、ハヤトは引きつったようなぎこちない笑顔。そのまま、シャッターが落ちる。

「え、今ので良いの？」

「まだまだあるわよ」

そのままディスプレイに表示される指示が、ぱらぱらと切り替わって、そのたびにユイは楽しそうにそれに合わせ、ハヤトは何とかそれに合わせる。

けれど、それでもそんな馬鹿をやっているのが楽しくて、だんだんとハヤトが笑えてきたタイミングで、プリクラは終わった。

「ほら、こんな感じで盛れるのよ」

「ぜ、全然別人じゃん……」

出てきた写真はゴリゴリに加工されていて、誰だか分からない。

しかし、それをみたユイは事も無げに言った。

「そう？　可愛いわよ」

「可愛い……？」

どこが可愛いんだこれ……。とハヤトは、内心思ったものの、価値観の違いということで片付けた。それがベストな気がした。

「ほら、ハヤトも何か書きなさいよ」

振り返ったユイにタッチペンを渡されて、ハヤトは聞いた。

「書くって何書くんだよ」

『なんでもよ。ほら、星とかハートとか？』

とか？　と、首を傾げられても困るんだが、なんて思いながらハヤトは写真に『バディ』と書いた。

《お前、もうちょっと書くものあるだろ……》

（え、でも他に書くこと思いつかなかったし）

そんなこんなで時間切れ。

ハヤトたちの遊びに遊んだ写真が筐体の下から二枚出てきたところ、ユイがそれを手にとってハヤトに手渡した。

「はい、これ」

「……ありがと」

写真なんてスマホで良いやと思っていたハヤトだったが、遊んでみればその考えも変わるというものである。ハヤトは胸ポケットに写真をしまい込んだ。

そして、そのまま二人がゲームセンターを後にすると、すっかり日が沈んでおり夜が出迎えてくれた。

「晩ごはんも食べてく？」

「いや、お腹いっぱいだよ」

「実は私も」

そう言ってユイが笑うと、ハヤトも釣られて笑った。

「じゃあ、そろそろお開きに……」

と、そこまでユイが言って固まったので、ハヤトはユイの視線の先を見る。

すると、そこにはよく見知った顔が二つあった。

　休日だからか珍しく私服を着ている二人。見間違えるはずもない。澪とロロナである。

二人の私服姿を見るのはこれが初めてだ。

　駅前で何をしてるんだろう……と、ハヤトが遠巻きに二人を見ていると、澪がこちらに気がついた。そして、遅れてロロナが気がつくと二人で走ってやってきた。

「師匠！」

　澪の手には買い物袋が握られていて、中には色んな雑貨とか服とかが入っていた。

（あぁ、なるほど。日用品買ってたのか……）

《買えるだけの余裕が出てきたってことなんだろう。良いことじゃないか》

（……だな）

　極貧生活から抜け出すために探索者を志した澪が、その目標を叶えようとしているのは師匠としても喜ばしいことだ。一方で、ポーションを口移しで飲ませたことに関して、澪はあれから一つも話題にしてこないのが師匠として恐怖しているところでもある。

「ハヤト。こんなところで、何してるの……？」

「いや、まぁ……。ちょっと気晴らしに遊んでてさ」

　無論、ハヤトは彼女たちと毎日のように連絡を取り合っており、今日の最後の連絡は『用事が出来たから次の探索はまた明日』である。その用事がまさか『ユイとデートするため』

なんて言えるはずもなく、濁しに濁していたのだが、まさかここでバレるとは……ッ！

「ハヤトも、遊ぶの？　ずっと……攻略してるだけだと思ってた」

「おい、俺だってたまには遊ぶぞ」

「師匠一人で遊んでるんですか？」

「いや、まぁ、えーっと」

ハヤトはちらりと隣にいるユイを見た。澪とロロナの視線がユイに向かう。

けれど、二人の瞳には『誰だろう……？』という疑問が光って見えた。

この二人、ユイと面識があるどころか一緒に食事までした仲なので、忘れているとは考えられない。

（【指輪】の力すごいな……。この距離で見られて分かんないのか……）

《ダンジョン産のアイテムだからな。効果はバッチリだろう》

つまりはそういうことである。

「あの、師匠。こちらの女性は……？」

「ハヤトが、女と一緒にいる……。不埒」

しかし、彼女たちはハヤトが誰と一緒にいるのかは分からないが、性別くらいは読み取れたみたいである。

「いや、まぁ友達なんだけど……」

「女性の友達と一緒に遊ばれてたんですか？」

「うん、まぁ……」

「だから今日は私たちと一緒に攻略できなかったんですか？」

「えっと、まぁ、そう……」

「そうなんですか」

澪は淡々と、事実だけを確認するように疑問を投げかけてくる。そう、淡々と投げかけてきているだけなのに、まるで拷問にでもあっているかのように呼吸が苦しくなった。この子怖いよ……。

「待って、澪」

「どうしたの？　ロロナちゃん」

「ハヤトも、男。別に女と一緒に遊ぶのは、問題ない」

「うん。それは私もそう思うよ。師匠がどんな女の人と遊んでも無関係だもんね」

本当にそうか？　本当にそうだったら、なんでこう俺の心にチクチク言葉が刺さってくるんだ……？

ハヤトの疑問には流石のヘキサも沈黙。君子危うきに近寄らず、である。

「問題なのは、知らないこと。ハヤトが知らない女と遊んでるのが、問題」

「……いや、別に問題じゃないだろ」

「ある。ハヤトが恋愛にうつつを抜かして、私たちを捨てるかも知れない」

「いや、捨てるわけが……」

「でも、相手が知り合いだったら捨てられないって安心できる。私は安心したいだけ」

ロロナにそう言われて、ハヤトはユイを見た。

彼女は呆れたように肩をすくめると、大きく息を吐いて二人を見た。

「ハヤトと遊んでたのは私よ」

「えッ⁉　ユイさん⁉」

「……ッ⁉」

ユイが言葉を放った瞬間、澪とロロナが【認識阻害】の対象から外れて、ユイの姿が顕になる。ずっと一緒にいたハヤトからすれば、『そういうリアクションになるんだ』という感じである。他人事みたいに思わないと心が痛くて乗り切れない。

「まぁ、色々あってハヤトと遊んでただけ。アンタたちもあんまり師匠を困らせるんじゃないわよ」

「ゆ、ユイさんだったんですか……」

思わず買い物袋を落とさんばかりに衝撃を受けていた澪だったが、彼女はすぐに持ち直すと短く尋ねた。

「や、やっぱりユイさんと師匠は付き合ってるんですか？」

「はぁ？ 私とハヤトが？ どこをどう見たらそうなるのよ……」

呆れたようにため息と共にそう言ったユイだったが、澪は続けた。

「だ、だってその服装……」

「これ？ 私のグッズだけど」

「初デートなのに気合の入った服を着て行って失敗したら恥ずかしいから、『最初から本気じゃない』って感じの服ですよね……？」

「…………ッ⁉」

澪の言葉にユイが沈黙。

その横ではヘキサが額を押さえていた。

《わ、私は言わなかったぞ。ちゃんと……》

（ど、どういうこと？）

《関係ない。女の話だ》

（あぁ、そう……？）

よく分からないが押し切られるままにハヤトは頷いた。

『あと、さっきまでずっと黙っていたのも……あれですよね？　あわよくば、私たちにばれないように乗り切って、そのまま師匠と良い感じのところまでいくつもりだったんですよね……？」

「そ、そんなわけないでしょッ！　さっきまで解散の流れだったんだから。ね、ハヤトッ！」

『え？　あ、あぁ。ユイの言う通りだ。もう帰る流れだったぞ……？」

ハヤトたちはそう言って否定したのだが、澪は未だに疑惑の瞳で続けた。

「あ、そうだったんですか……？　それって、ユイさんが師匠を試し行動したのではなくてですか？」

「試し行動……？」

なんだそれ。

よく分かっていないハヤトに、ロロナが続けた。

「……相手が好きなのかどうかを確かめる行為。今回だと、『帰る』と言って、ハヤトが帰りたくなさそうにするかどうかを、見てた」

「え、なんで？」

「デートが楽しかったら、すぐに帰りたがらないから」

なるほど……。なるほど…………？

分かったような分かっていないような、そんな感じでハヤトが首を傾げていると、隣にいたユイが地団駄を踏んだ。

「か、関係ないわよッ！　私とハヤトは普通に遊んで、普通にこれから帰るだけ。そうでしょ、ハヤトッ！」

ユイに振られて、ハヤトは頷いた。

「お、おう。まぁ、そうだ。ユイの言う通りだ」

「何して遊んだんですか？」

「え？」

「ですから、何して遊ばれたんですか？」

「え、いや。ラーメン食って、カラオケ行って、プリクラ撮って……」

ハヤトがそう答えると、澪とロロナはひそひそと何かを話しあう。

（なんか二人が仲良くなってくれて俺は嬉しいよ）

《言ってる場合か？》

そんなヘキサに反応する間もなく、澪が顔をあげた。

「それって、本当に遊びだったんですか？」

「どうみたって遊びでしょ」

「れ、恋愛に鈍感な師匠に近づくためにあえて友達みたいにして近づこうとしたのではなく……？」

「……ッ！」

澪の鋭い問いかけに、ユイは言葉に詰まった。

詰まったが、なんとか乗り越えた。

「あ、アンタたちは、ちびっ子だからそう思うのかも知れないけど高校生の恋愛事情は中学生とは違うのよ」

「俺は中卒だから高校生じゃないぞ」

「年齢ッ！」

ユイがその剣幕で言うものだから、ハヤトは首を激しく縦にふる。気分は赤べこだ。

「中学生の恋愛脳には困ったものだわ！　アンタたちはさっさと帰って寝なさい。私たちも帰るから」

「わ、分かりました……」

その剣幕に押し切られたのはハヤトだけではなく、澪もロロナもそうだったみたいで、四人まとめて解散となった。
ハヤトは駅前に停まっているタクシーを捕まえて乗り込み、帰宅。
なんだか自分の金銭感覚が壊れてきていることに恐怖を覚える。一ヶ月前の自分だったら、絶対に歩いて帰ったのに……。
《凄い終わりだったな》
(え？　あ、あぁ。そうだな。あんなところで澪たちと出会うとは思わなかった)
《考えてみれば、この街で人が集まるところなんてギルドと駅前だから出会っても不思議ではないのだが……。運が良いのか悪いのか》
(まぁでも、楽しかったから良かったよ)
《それは何よりだ。あぁ、そうだ。ちゃんと帰ったらLINE送っておけよ》
(え、誰に？)
《ユイにだ。デートが終わったら相手に感謝のメッセージを送る！　常識だ！》
(そ、そうなの……？　初めて知った……)
しかし、絶対に家に帰ったらメッセージ送るのを忘れている自信があるので、ハヤトはタクシーの中でスマホを取り出すと、
『今日は楽しかったよ』

くる。


　という簡潔なメッセージを送った。

　するとすぐに既読がついて、可愛くデフォルメされたモンスターのスタンプが送られてくる。

（うわ出た。『頑張れテイマーくん』だ）

《何が「うわ出た」だ。流行ってるんだぞ！　お前も読めッ！》

　ＳＮＳで話題沸騰中の漫画である。ハヤトは見る気がしないのだが、周りにいるやつが片っ端からそのスタンプを使うものですっかりキャラクターを覚えてしまった。

　そして、そのスタンプに続いて、

『こちらこそ楽しかったわ。またよろしく。次は寿司に行くわよ』

　というメッセージが来たので既読代わりのスタンプを送ろうとしたらメッセージがさらに追加できた。

『あと、さっきアンタの弟子たちが言ってたこと全部間違いだから』

『服は着る機会がアンタと遊ぶときくらいしか無かっただけだし』

『それに私が可愛いから、可愛い服着たら指輪の力がなくなるかもと思ったの』

『だから、アンタの弟子たちが言ってたこと全部間違いよ。分かった？』

　怒涛の四連メッセージにハヤトは沈黙。

どう返そうかと悩んでいると、さらにメッセージが追加できた。

『あと、試し行動？　みたいなのも勘違いだから』

『別にアンタが楽しんでるかどうかを確かめるためにやったわけじゃないし』

『もう満足かなと思ってやっただけだから』

『分かった？』

こいつ、スマホで文章書くのはぇーな……。

と、ユイのメッセージだけで画面が埋まってしまったトーク画面を見ながら、ハヤトは静かに息を吐き出すと、一言だけメッセージを送った。

『分かってるって』

『いいえ、分かってないわ』

……な、何なんだこいつ。

だが、このまま返信すると、時間を吸われそうだったので、ハヤトは未読のままスマホをポケットにしまい込む。

するとタイミング良く、タクシーが家の近くのコンビニについた。

料金を払ってタクシーを降りると、ハヤトは大きく身体を伸ばす。

（エリナが飯作って待ってるな。早く帰らないと）

《そういえば、なんだが》

（うん？）

《一応、このデートは、ツバキとの顔合わせで矛盾を突かれないようにするというのが本来の目的だったはずなんだが……どうだ？　解決したか？》

（……いや、どうだろ）

ハヤトは静かに首を振る。

（まぁ、でももう残り時間はないし、なんとかツバキを説得するしか……）

《おいおい。それで良いのか。大丈夫なのか》

そんなことを言い合いながら、ハヤトが曲がり角を曲がってボロアパートに向かう道に入った瞬間……どろりと、何かを通り抜けた。

それはまるで、水と油のように決して混じり合わないものを通過したような違和感。薄く張られたゴムを通り抜けたときのような抵抗感。

そして、目の前に広がっていた住宅地の全てから電気が消えた。

「……ッ！」

ざわり、とハヤトの全身の毛が逆立つ。

ハヤトだけではない。同じ光景を見たことのあるヘキサも叫んだ。

《こ、これはッ！》

（『異界（シール）』だッ！　異能が近くにいるッ！）

それは現実世界をベースにし、その上からまるでシールのように仮想空間を上張りする異質な空間。

あらゆるものが精巧（せいこう）に模倣（コピー）されているが、内部の空間に入れる動物は術者が許可した人間だけ。

それはまるで、ダンジョンより出現したアイテムのように見事に人だけを弾（はじ）くが、それを生み出しているのはダンジョン産のアイテムではない。

――異能だ。

その瞬間、ハヤトの頭にアマネが語っていたことが思い起こされる。

曰（いわ）く、『ハヤトは異能に狙（ねら）われている』と。

あぁ、それもそうだろうとハヤトは自分で思う。

〝天原〟の身体は、頭のてっぺんから足の爪先（つまさき）まで超（ちょう）がつくほどの儀式触媒（ぎしきしょくばい）になる。

千二百年という長い時間をかけ、〝魔祓（まはら）い〟として、人間の品種改良を繰（く）り返してきた天原の人間は、もはや厳密には人間と表現することが正しいのかも分からない。

だが、ハヤトとて黙（だま）ってやられる気はない。

向こうがこちらを狙ってくるのであれば、返り討ちにしてやるだけだ。

（……どこだ。どこにいる……？）

ハヤトは周囲に意識を飛ばす。

デート用にちゃんとした服を着てきたことが悔やまれる。動きづらいからだ。

そうして周囲を警戒していると、前方から黒い車がやってきた。

『異界』の中で運転する人間など、術者が許可した人間以外にありえない。ということは、こっちにやってきているのが異能か、とハヤトは警戒。

暗闇の中、ヘッドライトが強く焚かれており、思わずハヤトが目を細めるとハヤトの前で車が停まる。

そして、後部座席の窓が開かれるとそこには見知った顔がいた。

「やっほー。ハヤちゃん。久しぶりだね」

「……ツバキ？」

ハヤトが驚きの声を上げると、その隣から声があがった。

「私も、いる」

「し、シオリ……ッ⁉」

後部座席の奥には日本刀を縦に構えて座っているシオリがいた。しかも、機嫌があまり良くないのか日本刀の鯉口を切ったりしまったりしている。

　怖いよ、お前。

　しかも、ツバキとシオリには『運命の相手がいる』という嘘をついて逃げ出してきた手前、余計に怖い。だが、その恐怖を呑み込んでハヤトは尋ねた。

「なんでここに二人がいるんだ？」

「なんでって、ハヤちゃんを守りに来たんだよ！　今ね、ここにね。ハヤちゃんを誘拐しに来る人がいるって噂を聞きつけたからさ！」

「誘拐？」

　のっぴきならない言葉が出てきたなとハヤトが思った瞬間、電気が途切れて真っ黒になった信号機の下をもう一台の高級車が走り抜けた。

　そして、ハヤトとツバキがいるコンビニに向かって、切り込んでくる。目の前で停車。

「ほら来た」

　ツバキは笑いながらシートベルトを外して、車から降りた。

　それはまるで開戦の合図のように、シオリも一緒に車から降りる。

　無論、それはツバキ側だけではなく、高級車に乗っている人物も同様に車から降りてきた。

「あれ？　エリナ……？」

暗闇の中だが、間違えるはずもない。

高級車の中から降りてきたのは金髪碧眼の『奉仕種族』。エリナだった。

そして、それと同じように車から降りてくるのは、

（う、嘘だろ。な、なんでここにいるんだ……!?）

下車した少女の姿を見た時にハヤトの呼吸が止まった。

すらりとした長身。その背はハヤトよりわずかに高く、まるで夜の闇のような黒い髪がまっすぐ腰まで伸びている。肌は白く、身体は細く、服は彼女の名前を表すような、桜を彩った和服。

彼女はハヤトを見て、微笑んだ。

「お久しぶりですね、ハヤトさん」

異質な服装。まるで生まれてからこれまで、穢れたことなど一つも知らないかのような清楚の権化。けれどその立ち振る舞いには一切の隙がない。

ああ、そうだろう。あるはずもない。

《だ、誰だ？　ハヤト。お前、知り合いか？》

〈……ああ、知り合いだ〉

ハヤトは苦々しくうなずく。それ以外に、どう反応すれば良いのか分からない。

目の前にいる最強を前にして、ハヤトは粘ついたような何かに足を搦め捕られるのが分かった。

日本にいる探索者の中で誰が一番強いのか、という議題が時たま雑談の話題として上がることがある。

例えばそれは『WER』5位という、日本勢でたった一人だけ一桁入りをしている一ノ瀬ユウマか。

例えばそれは若干十四歳という若さで前線攻略者に踊りでて未だに若き剣姫としてダンジョンで無双する藍原シオリか。

例えばそれは国内最大級の攻略クランを起こし、運営し、無数の探索者を育て上げる阿久津ダイスケか。

あぁ、確かにそれはそうなのだろう。

探索者という括りで見るのなら、そうなのだろう。

だが、人類で最強なのは誰かと言われれば、天原ハヤトの答えはたった一つしかない。

(草薙家現当主、草薙咲桜だ)

それが、目の前にいる少女の名だ。

「……久しぶりですね、咲桜さん」

そして、彼女に声をかけられたのであればハヤトも応えざるを得ない。

それが天原の本家である草薙家とハヤトの間に刻まれた因縁だ。

けれど、ツバキはそんな相手だというのにハヤトの盾になるようにして前に出ると、ハヤトには見せないような敵意を向き出しにして咲桜に告げる。

「お姫様が直々に出張るようなことなの？　これ」

「ええ、もちろんこれは私がでなければいけないことです。そうでなければ、ハヤトさんに逃げられてしまうかも知れませんから」

大和撫子という言葉を擬人化したら、彼女になるのだろうか。見た目だけでみれば、とても穏やかで、清楚で、美しい。

けれどハヤトは知っている。彼女こそ、暴力の権化である〝草薙〟家。

その当主であるということを。

ぞわり、とハヤトの背筋が凍りつく。

（まずい。まずいことになったぞ………ッ！）

鉢合わせしたらダメなメンバーが揃ってしまったことにハヤトは思わず冷や汗を垂らす。

だが、当の本人たちはハヤトの焦りなんて知ったことかと言わんばかりに続けた。

「結局、お姫様はハヤちゃんを危ない目に合わせる鉄砲玉として使ってるだけじゃん。そんなの許せないよねぇ？　藍原ちゃん」

「……許せない。ハヤトは元気でいてもらわないと。私を裁いてもらわないと、いけない」

かち、かち、と刀を鳴らしながら不機嫌そうに語るシオリ。

だから、なんでお前はさっきからそんなに不機嫌なんだよ、とハヤトはツッコみたかったがツッコめなかった。流石にこれ以上下手なことを言って刺激しない方が良い。気分は肉食動物に捕捉された野生生物である。

「エリナちゃん……だっけ？　お姫様に何を言われたのかは知らないけど、本当にハヤちゃんのことを思うなら、私たちの側に付いたほうが良いんじゃないの？」

しかし、エリナは無言。

そんな彼女の代わりに答えるように、口を開いたのは咲桜だった。

「すでに天原を放逐されたハヤトさんがどこに行こうと、それはハヤトさんの自由。けれど、血を残すのであれば、それはハヤトさんの勝手とはなりません。天原の血を引くということは、即ち草薙の血を引くということですから」

「あーもう。すぐそうやって、言い訳する。お姫様は脳筋なんだからさ。もっと言葉を選ばずに言いなよ。『Aランク探索者になったハヤちゃんが欲しくなったから奪いにきた』こうでしょ？」

「いえいえ。私は八璃のようにお金のことしか考えていない亡者ではないですから」

慇懃無礼にそう言って咲桜は笑う。

「『いかに金を稼げるか』でしか人を見ない貴方達と一緒にしてもらいたくはないものです」

「よく言うよ。こんな時代に『どうすれば強くなれるか』を考えてる異常者なのに」

ツバキと咲桜は互いにそう言って笑い合う。

《な、なんで出会ってそうそう喧嘩をしているんだ。この二人は……》

（御三家って仲悪いんだよ……）

我こそは時の帝に選ばれた一族である、というプライドを大事に抱えて抱えて現代まで生きてきた連中である。仲良い方がおかしい。

「話を戻すけど、ハヤちゃんは私がずっと目をつけて大事に大事にしてたの。急にハヤちゃんが強くなって、『大事だから貰います』は通らないんじゃない？」

「何の話でしょうか？　ハヤトさんをツバキさんが大事にしていた？　無料で使える体の良い存在として利用してきたの間違いでしょう」

このまま放っておくと目の前で一生喧嘩してそうな雰囲気を醸し出していたので、ハヤトは慌てて止めに入った。

「……いや、二人とも『異界（シール）』の中で喧嘩するのはやめてくれよ」

その介入（かいにゅう）が間違いだった。

「ふうん。ハヤちゃんはお姫様の擁護（ようご）するの？　私はハヤちゃんのことを思って言ってるのに？」

「ハヤトさん。私たちがこうして争っているのは貴方（あなた）のためですよ」

二人からそう詰められて、ハヤトは閉口。

そのタイミングを見計らって、ツバキが言葉を差し込んだ。

「大体さぁ、ハヤちゃん。今日は何をしてたの？」

「何をしてたって。遊んでたんだけど……」

とりあえず説明できる範囲（はんい）で、もっとも無難な言葉を放ったハヤト。

沈黙は金。余計なことは言わないに限る。

「誰と？」

「し、知り合いと……だけど」

「デートしてたんだよね」

「えっと……うーんと……」

シオリのカチカチ音の感覚が短くなっていく。

おい、どうすんだよこれ。どう答えれば良いんだよ。

焦りに焦ったハヤトの鼓動がシオリのカチカチ音とリンクする。

（うお、すごい。なんかリズム取ってるみたいだ）

《言ってる場合か？》

（場合じゃねぇよ）

現実逃避も長くは続かずハヤトがヘキサにツッコみ返した瞬間に、ツバキがハヤトの方に一歩踏み込むと、良く通る声で聞いた。

「ねぇ、ハヤちゃん。どうして黙るの？　デートの相手はそんなに大切な人だったの？」

「い、いや……それは……」

どうやらデートをしたことはバレている。だが、誰とデートをしたかまではバレていないらしい。それなら、どうにかまだ乗り切れる可能性があるだろうか。いや、無いだろうか。

そもそもこの二人が何を目的にやってきているのか分からない以上、下手なことを言わないのが良いことだけは事実だ。

「ハヤちゃん？」

「ハヤトさん？」

「ハヤト？」

三人から詰められて、ハヤトは全てを投げ出して逃げたくなったが、ここは『異界（シール）』の中。逃げ出す場所なんて一つも無いし、そもそも咲桜（さくら）とシオリを相手にして逃げられるとは思えない。

詰み、である。

（ど、どうしよ……ッ！　なんて言えば良い⁉）

《ハヤト、落ち着け。この場を打開するには三つの選択肢（せんたくし）がある》

（え、三つも⁉）

思わぬ好機にハヤトの目が輝（かがや）く。

《あぁ、まず一つ目は嘘をつくことだ。『デートなんてしてない』と、白（しら）を切れ。問題はツバキがデートしたという証拠（しょうこ）を持っている時だが……その時は諦（あきら）めろ》

（おいッ！）

ハヤトの心の中の遠吠（とおぼ）えはツバキの冷ややかな瞳の前に萎縮（いしゅく）した。

《二つ目は正直に認めることだ。恐（おそ）らく一番角が立たず……一番、問題になる》

（……だろうな）

だからこそ、ハヤトは黙っているわけなのだが。

（もっとこう、他にないのか？　この状況を切り抜けられる方法とか）

《あるにはあるが、リスクが大きいぞ》

（教えてくれ）

《逆ギレすることだ》

（……は？）

《聞こえなかったのか？『デートしようとしまいと、俺の自由だろッ！　ほっとけッ！』と逆ギレするんだ。なんとかなるかもしれん》

（なるわけねぇだろ！）

しかし、嘘をついても逆ギレしても、この状況が悪くなりこそすれ良くなりはしないだろう。ハヤトは腹をくくって、ツバキに向かい合った。

「……あぁ、そうだ。今日は、デートしてきた」

「誰と？」

再びの質問。それと同時に、ツバキは手元から小さなタブレットを取り出した。

そして彼女が画面のロックを解除すると、そこにはカラオケ店から出たばかりのハヤトとユイの姿があった。

けれど、ユイの顔が見事に通行人に隠されて、写真では見えない。

「と、盗撮……」

「監視だよ。ハヤちゃんが変な人たちに連れ去られないように」

そう言って、ツバキは画面をスワイプ。

それはハヤトとユイが、ちょうど喫茶店でテーブルにつこうとしていた写真だった。だが、これもまた見事に日差しの反射でユイの顔が隠れている。

凄いな、【認識阻害の指輪】の力。写真で撮るとこうなるのか。

「これさ、ハヤちゃんのデート相手だよね」

「そうだけど」

「なんで顔が見えないの？」

「それはダンジョンから出てきた指輪の力で……」

「うん。それは分かってる。問題なのは、どうして顔を隠さないといけない相手とハヤちゃんがデートしているのかってこと」

ツバキはそう言いながらタブレットをしまい込むと、聞いてきた。

「もしかして、この相手。八咫だったりしないよね」

「八咫？　なんでここで八咫の話が出てくるんだ？」

八咫は草薙、八璃に次ぐ御三家の一角。

八璃と草薙がそうであるように、現代日本の政治の主導権を強く握っている家だ。そことハヤトの接点はないのでハヤトはそう聞いたのだが、答えはツバキではなく咲桜から帰ってきた。

「良いですか、ハヤトさん。デートをする時に顔を隠すということは、自分の正体が周囲にバレたくない人間が行うことです。つまりは、バレると問題があるわけです」

「わ、分かってますよ……」

そりゃそうだ。今日デートした相手はユイなのだから。

現役アイドルが白昼堂々デートをすれば問題になる。

だから、隠しているだけで……。

「デートがバレて問題になる相手というのは限られます。例えば女優やアイドルというタレント業の方はスキャンダルになるでしょう。けれど、スキャンダルになる相手というのはそれだけではありません。我々のように『血筋』そのものに価値が生じる一族では、男性と会うことだけでもスキャンダルになりかねません」

「お姫様の言う通りだよ」

言い切った咲桜に、ツバキが続ける。

「いま、ハヤちゃんが自分のことをどう思っているのかは知らないけど、ハヤちゃんはあらゆる〝家〟から注目を浴びてる。わずか一ヶ月で最前線に躍り出て、天原が取り逃した『厄災十家』の跡取りである七城シンを捕縛した。だから、ハヤちゃんが八咫の家から言い寄られててもおかしくない。だから、顔を隠さないといけない相手とデートをした。そうでしょ？」

「いや、全然違うけど」

さっきから話を聞いてれば……何なんだ？

もしかしてユイの顔がどんなことをしても写らないから、良いところのお嬢様だと思って勘違いしてやってきたのか……？

思わぬコントにハヤトはため息をついて説明した。

「あのなぁ、ツバキに咲桜さん。その考えは間違ってるよ」

「どこがでしょうか？」

「俺が今日デートした相手は、ユイって言って……『戦乙女's』というアイドルグループにいるやつで……」

『それは、おかしい』

ハヤトがそこまで言った瞬間、シオリが、カチン、と刀をしまい込んで言った。

「何がおかしいんだ」

「ユイがデート相手だと、自分の名前が書かれた服をハヤトとのデートに着てきたことになる」

「その通りだが」

「流石に、ユイを馬鹿にしすぎてる。ハヤトの言葉を信じるならユイが、男の子とのデートに自分のグッズを着ていったことになる。しかも上の服全部」

「全くもってその通りだが」

確かにそこだけ切り抜けばユイだとは思われないかも知れないが、本当にユイなのだ。

ハヤトが弁明しようとした瞬間、ツバキがそこに割って入った。

「ううん。面倒くさいやり取りはナシにしようよ、ハヤちゃん。私たちが、どうしてここに来たのか。簡単に言うと、引き抜きだよ」

「引き抜き？」

「そう。ヘッドハンティング、スカウト、強奪……まぁ、何でも良いけどさ。ハヤちゃんを自分の陣営に引き抜きに来たの。私も、そこのお姫様も」

「なんで引き抜きに来てデートの話が出てくるんだ？」

「だから、訳のわからない相手にハヤちゃんが取られそうになったからでしょ？」

「いや、それは……」

　ユイのふざけた服のせいでまさかこんな羽目に陥ることになると思わなかったハヤトは、数回瞬き。未だに理解が追いつかない。

（なんでこんなことになったんだ……？）

　ハヤトは少しだけ因果関係を遡った。

　どうしてユイがそんな服を着てくることになったかというとハヤトとデートをするためであり、どうしてハヤトとユイがデートをすることになったかと言えばハヤトがユイに頼み込んだからだ。

（……ん？　じゃあ、全ての原因は俺……？）

《まぁ、たしかに元を辿ればお前なんだが……》

　果たしてそこまで遡る必要があるのか、という話は置いておいて。

「私はね、ハヤちゃん。ハヤちゃんが欲しいんだよ。探索者として、婚約者として、ハヤちゃんの人的資本を高く見積もっている。これからハヤちゃんは間違いなく八璃を大きくできる人間になると私は本当に思ってるんだよ」

　ツバキが語る。それに並ぶように咲桜が答えた。

「私たち草薙家もハヤトさんを必要としています。あなたは、『星喰』……ダンジョンを打破するのに、これからの草薙家に必要な人間なのです。だから、率直に言います。私はあなたが欲しい」

「いやいや、お姫様。〝草薙〟がハヤちゃんを要らないって追い出したのに、また戻れは都合良すぎない？」

「追い出したのは〝天原〟です。あの家が本家である草薙には何一つとして相談せずに勝手にしたことですよ」

「困ったら責任は分家に押し付け？　陰湿〜！」

「当然、責任を取ってもらうために折檻……いえ、軽く当主をひねりました」

……え？　あの親父を？

天原の当主は、死んでいなければという注釈はつくものの、未だにハヤトの父親のはずだ。あの父親をひねったと、なるほど、そうおっしゃる。

ハヤトは聞き間違いかと思ったが、残念なことに前線攻略者の聴覚は聞き間違いを許さない。

《強いのか？》

（俺の父親か？　滅茶苦茶強いぞ。30階層に出てきた『赤鬼』がいただろ）

《……ん？　あ、あぁ。階層主のな》

（あれを片手で祓う）

《…………ふむ？》

（赤鬼よりも強い『黒鬼』っていう呪い（のろ）が集まった化け物みたいな鬼がいて、これがさっきの『赤鬼』の約三十二倍の強さを誇る（ほこ）んだが、これも一人で祓う）

《なるほど。規格外だな》

そもそも、〝天原〟の正統後継者（こうけいしゃ）である。それくらい出来て当然なのだ。

ハヤトはそう考えると、いかに自分が落ちこぼれなのかと自覚して嫌（いや）な気持ちになってしまうのだが。

草薙咲桜はそれをまるで赤子の手でやるかのように、『ひねった』と表現した。彼女にはそれをやるだけの力がある。

「ですので、ハヤトさんが草薙に来ることに対して何かを言う人はいませんよ。いえ、大丈夫です。何か言われても黙らせますから」

「はい暴力的ィー！　ハヤちゃんにはそんな危ないことさせられません！　ねッ！　藍原ちゃん」

「そう。ハヤトにはハヤトの考えがあるとは思うけど、家のことを嫌（きら）ってる。だから、家に帰すのは可哀想（かわいそう）」

シオリの口から飛び出した正論に、ハヤトはちょっとだけ感動した。

しかし、それくらいじゃ咲桜は怯まない。

「ええ。だから、天原のした責任をしっかり草薙が取ります。ハヤトさんを草薙家の養子にして、高校にも通ってもらいます。つまり、ハヤトさんは私の弟になるということですね。えぇ」

何だよその特典……。

いや、確かに高校に編入できるのであれば、それはちょっと魅力的かも……？　いや、でも咲桜さんの弟になるのか……。お姉ちゃんか……。

ハヤトはそんなことを思いながらヘキサを見た。

《なんだ？》

（いや、別に……）

ハヤトは視線を戻した。戻した瞬間、ツバキが高らかに言った。

「あぁ、へぇ！　そうなんだ！　そういうことするんだ！　別に八璃は強制しないけどね。しないけど、ハヤちゃんが望むならウチが経営している私学の高校に入れてあげるもん。私と同じクラスで」

「ツバキ、話が違う。ハヤトが家に戻るのを阻止するために、手を組むはずだった。ツバキが取り込むのは、違反行為」

シオリがそう言うと、ハヤトは片眉をあげた。

おっ、内ゲバが始まったぞ。

「そもそも、私はツバキとハヤトが婚約者というのも信じていない。ツバキがそんなことを言い出すから、ハヤトが『心に決めた相手』なんていう嘘を吐く必要がでてきた」

「え？　あれ嘘だったの、ハヤちゃん」

ツバキが驚いた様子でハヤトを見る。だからハヤトはなるべく平静を装って、言った。

「嘘じゃないけど」

「ううん。分かる。ハヤトは嘘が下手だから」

しかし、シオリは何も変わらない顔で答えるものだからハヤトは首を傾げた。

「何か……俺が嘘を吐いてるっていう証拠でもあるのか？」

「ハヤトへの、愛」

「おい、冗談言ってる場合じゃ……」

「だから、ハヤトへの、愛。まず、ハヤトはスキルを使う時にやや右腕の前腕筋肉に力を込める癖がある」

「…………？」

「それにあの時、オークション会場でハヤトの鼓動は不自然なくらいに自然だった。何度も言っているけど、ハヤトは焦っている時に首の後ろに汗をかく癖がある。でも、あの嘘をつく直前からハヤトの汗が引いて、鼓動の音が毎分十五回低下した。ハヤトの心音がここまで下がるのは、ご飯を食べた後にお昼寝をしている時くらい。瞳の動きも露骨におちついたものになってた。まるで、これから正直に自分の内心を暴露するみたいな目の色だったけど、ハヤトが覚悟を決める時にはもう少し瞳の揺れがあってから、定まる。だから、あの動きは急に自然になりすぎて、あまりに不自然。ハヤトが嘘をつく時はもっと下手なんだけど、でもあの時は上手だった。上手すぎた。だから、ハヤトは私のことが好きだから、私にだけ分かるように嘘をついたのだと思ってた」

「…………」

《…………》

ハヤトとヘキサが揃って沈黙。

なんでオークション会場で『心に決めた相手がいる』と言って、シオリがあれから全く姿を現さなかったのかを、ハヤトはようやく理解した。

こいつ、俺に気を使ってたんだ……ッ！

「ハヤトに嘘をつかせるのは良くない。だから、ツバキの立ち位置にも私は納得できない。私は私で、ハヤトを守る」

「……ふうん。まぁ、ここまで護衛してくれてたのは事実だし、別に良いよ。私は私の力でハヤちゃんに来てもらうから」

「ええ、ですからそれは誤った方法なのです。ハヤトさんは本家で引き取ります。他の皆様に迷惑をかけるわけにもいきませんから。ですから、ハヤトさん。選んでください」

咲桜がそう言うと、ぱちり、とツバキも指を鳴らしてハヤトを見た。

「そうだね、草薙のお姫様の言う通りだよ。ハヤちゃん。今、ここで誰を選ぶのか、決めて」

『……大丈夫。ハヤト。痛くしないから」

一人変なやつがいることは置いといて、ハヤトは深呼吸。

呼吸を一度、二度、三度と、繰り返す。緊張で喉がカラカラになって、まるで皮が張り付いてしまったみたいだ。

「もし、俺が誰も選ばなかったら……どうなるんだ？」

「『異界』が解かれないよね」

「…………」

どうやらハヤトを放っておいて勝手に進みだした話は、もはや帰還不能点を突破して誰かをハヤトが選ぶまでは終わらない流れになっていたらしい。

（どうして俺の話なのに、俺を放って進むんだッ！　話がッ！）

《そういう運命なんだろ》

（やだッ！　生まれ直すッ！）

駄々をこねても現状が何一つとして変わらないことに軽いめまいを覚えながらも、ハヤトは深く息を吐き出した。

「……なるほど。誰かを選ばないといけないと」

「そうだね。選ぶまで私たちは帰らないかな」

「……そっか。エリナ、水持ってきてくれ」

「はいです」

咲桜の隣に立っていたエリナはそう言うと、ポケットから瓶に入った水を取り出した。

「こんな時のために用意しておきました。お兄様」

「あぁ、助かる……」

ハヤトは瓶を受け取ると心の中で静かに漏らした。

（あぁ、クソ……。【スキルインストール】がこの状況どうにかしてくれないかな）

《頼んでみればどうだ？》

（頼むッ！　【スキルインストール】ッ！）

前もやってダメだった記憶があるが、世の中には三度目の正直という言葉もある。ということで祈ってみたのだが、ダメ。ウンともスンとも言わなかった。

仕方がないのでハヤトはため息をつくと瓶に入っている水を口に含んで飲み込んだ。瞬間、違和感に気がついた。なんかこれ、甘くないか……？

「エリナ、この水どこにあったやつだ⁉」

「お兄様のポーチの中です」

「ば、馬鹿！　そこに入ってたのは」

――『魅力度上昇ポーション』だッ！

という声は、ハヤトの脳内に直接響いた声にかき消された。

〝【女たらし】【ジゴロ】【話術Ｌｖ５】をインストールします〟

〝インストール完了〟

……なッ、何なんだそのスキルは…………ッ！

ハヤトの唸るような心の声は、しかし職業スキル【ジゴロ】の前で言葉にならない。

《え、祈りが届いた⁉》

これには、提案したヘキサも思わずビックリ。

「水も飲んだみたいだし、そろそろ決めてもらおうかな。ハヤちゃん」

「そうだな、ツバキ。君の言う通りだ」

ハヤトはエリナをそっと避けると、前に出た。

(か、身体が勝手にッ！　しかもなんか声低くなってるしッ！)

《す、スキルの効果だ……ッ！》

初めて聞くスキルに大焦りのハヤトだが、ハヤトの表情には微塵も出ない。

「ど、どうしたの。ハヤちゃん」

「正直言って、君ともう一回出会った時は運命だと思ったんだ」

……く、口が勝手に動くッ！

オークション会場で起きたことと全く同じものが、今まさにハヤトの身体に起こっていた。

【スキルインストール】は状況に合わせてハヤトの身体に最適なスキルをインストールするスキル。つまり、この状況を突破する最適解がこれだと判断したのだ！

しかし、そんなことなど一つも分かるはずのないツバキは、明らかに困惑した声をハヤトに向けた。

「ほ、本当にどうしちゃったの……？」

「君が本当の気持ちを隠しているように、俺だって本当の気持ちを隠していただけだよ。〝天原〟は敵がずっと多かったから、本当にツバキがいてくれて俺は助かったんだ。ツバキは俺の命の恩人だよ」

「べ、別に今更言われなくても……私が、ハヤちゃん欲しいと思っただけだし」

そう言ってツバキはそっぽを向いた。

だが、それを見逃す【ジゴロ】スキルじゃない。

ハヤトの身体を勝手に動かすと、ツバキを追い詰めた。

「だから、ツバキのお願いならなんでも聞くよ」

「だ、だったら私と結婚してよ」

「もちろん」

そっとハヤトはツバキだけに聞こえる声で囁いた。

（おいッ！　安請けすんなッ！）

《スキルに怒っても……》

ハヤトの怒りもなんのその。【ジゴロ】スキルはハヤトの身体を使ったまま、ツバキに小さく続けた。

「でもちょっとだけ待ってて欲しいんだ。二年間も待ってくれたんだ。だから、あとちょっとだけ。ね」

「で、でも。待ってたらハヤちゃんが……」

ツバキの迷うような言葉に、ハヤトの身体を乗っ取った【ジゴロ】スキルは重ねた。

彼女だけを見て、彼女にはハヤトだけを魅せる。まるで世界にハヤトとツバキの二人だけになってしまったかのように、【ジゴロ】スキルはツバキにハヤトの金の瞳を覗き込ませて、言った。

「あと一年だ。あと一年経ったら結婚しよう」

「……うん」

ツバキはそう言うと、ふらりとその場にへたりこみ、呆然とした顔でハヤトを見る。

そして、そのまま立ち上がると「きょ、今日はもう帰る！」と言って帰ってしまった。

……なにこれ。

それを当事者でありながら、もっとも他人視点で見ていたハヤトは呆れはてた。

「あら、久しい間に随分と口が上手くなりましたね。ハヤトさん」

「お久しぶりですね、咲桜姉さん」

肩をすくめてハヤトの口が動く。

「数年前はとても可愛かったのに、今は美しくなられましたね」

「ええ、よく言われますよ」

【ジゴロ】スキルのお世辞と知ってか知らずか、咲桜は流した。

まぁ、この程度で人類最強が折れるわけもないか……とハヤトが思っていると、【ジゴロ】スキルは攻略方法を変更。ハヤトの身体を使って咲桜に近づき、全身の力を抜いて、ややなよっとした姿になると、咲桜を上目遣いで見た。

……次はなんだ？　と、ハヤトが内心で眉をひそめていると、【ジゴロ】スキルはか弱く小さな声をだした。

「咲桜姉さん」

「ど、どうしたんですか？　急に改まって」

「姉さんに……姉さんにしか頼めないお願いがあるんだ」

「……なんでしょう？」

「僕を、強くしてほしいんだ」

ハヤトが言い切ると、咲桜はたじろいだ。

（……僕？）

《似合わんな……》

しかし、【ジゴロ】スキルは似合うか似合わないかではなく、相手を落とせるかどうかで動く。無論、【ジゴロ】単体ではない。間のとり方、声の大きさ、抑揚の強さ。その全てに【話術Lv5】の補正がかかっている。あとついでに【女たらし】も。

「正直……今の僕じゃあ、もうダンジョンはきつい。僕は、姉さんみたいに強くないから。でも、姉さんが教えてくれれば僕はもっと強くなれると思うんだ」

「え、えぇ。それはそうでしょう。今のハヤトさんは、〝草薙〟の技に耐えられるほどに身体が頑丈になっていますから、きっともっと強くなれます。で、でも……」

ハヤトの言葉に、咲桜はバツが悪そうにうつむいた。

「ハヤトさんは草薙を恨んでいるでしょう」

「お姉ちゃんを恨むわけないでしょ？」

お、お姉ちゃん……？

自分の口から飛び出してきたとは思えない言葉にハヤトはびっくり。

けれど、驚いたのはハヤトだけではない。咲桜の方も、目を丸くして驚くと、

「か……」

《か？》

「可愛いっ！」

そう言ってハヤトを抱きしめた。

「えぇ！　えぇ！　お姉ちゃん頑張りますよ！　ハヤトさんのために！」

そして、ハヤトが何かを言うよりも先に離れると、パチリと指を鳴らした。その瞬間に、

『異界』が消えた。どうやら、この謎の『異界』は咲桜が貼っていたらしい。

周囲に光が戻ると、道路を走る車の騒がしい音が急に聞こえてくる。けれど、咲桜はそんな騒音に負けないように声を張ってから、

「ハヤトさんから頼まれれば、なんとかします。待っててくださいね、家と折り合いをつけてきますから！」

そして、黒い車に乗って運転手に急いで出すように指示。そのまま帰っていってしまった。

それを見送ったハヤトの身体がくるりと回ると、その先にいるのはシオリ。

彼女はいつものように光を宿さぬ瞳でじぃっとハヤトを見つめる。

「何が目的？」

「知ってるだろ。邪魔者を消すためだよ」

（おい、これまで続くのかよッ！）

《まだ状況は何も解決してないからな》

ハヤトは心の中で悲鳴をあげた。

シオリは静かに言葉を紡いだ。

「……邪魔者？」

「あの二人は邪魔だろ。俺とシオリの間に」

　そう言ってハヤトは笑った。内心は泣いていた。

「俺の言ってることが信じられないか。でもまぁ、仕方ないよな。俺も今までシオリには冷たくしちゃったし。でも、これは言い訳になるけど……俺は、一年も芽がでなくてさ。だから、シオリを見ると苦しくてさ」

「……ハヤト、それは」

「けど、今は違う。俺は前線攻略者(フロントランナー)になった。何のためだと思う？　シオリに会うためだよ」

「…………」

　その時、シオリの瞳にわずかに光が差し込んだ。

（と、とんでもない嘘(うそ)つきやがったッ！　まずいって！）

《あ、諦めろ。もうどうしようもないッ！》

　唯一(ゆいいつ)事情を知っている二人は焦(あせ)るが、世の中には後の祭りという言葉がある。正に今の状況を指し示すのにぴったりな言葉だ。

「シオリ。俺はお前に恥(は)じないような、お前の隣に立てるような探索者(たんさくしゃ)になりたいんだ。だから、今日はもう身体を休めたい。また明日、シオリと一緒(いっしょ)にダンジョンに潜(もぐ)れるように」

「……ハヤト」

その流れるようなハヤトの言葉に、シオリは風に消えそうな小さな声で呟いた。

「うん。私……ハヤトを、信じてた。きっと、きっとハヤトはそう思ってるだろうって」

「あぁ、シオリの思ってる通りだよ。シオリは誰よりも俺のことを知ってくれてるからな」

そう微笑んだハヤトに、シオリはこくりと首を縦に振った。

「ごめんね、ハヤト。こんな遅い時間に邪魔しちゃって」

「良いよ。俺は一日の終わりにシオリに会えて嬉しかった」

「……また、ダンジョンで」

ハヤトの言葉に少し顔を赤くしたシオリはUターンして、夜の街に消えていった。

それを満足そうに見届けたハヤトは隣に立っていたエリナの頭をそっと撫でた。

「ありがとな、エリナ」

「ご主人様？」

「エリナのおかげだよ。こうして、あの場を収められたのは」

言うほど収まったか？

と、ハヤトは【スキルインストール】を死ぬほど問いただしたかった。

「ツバキの陣営にも取り込まれず、草薙にも入らず、シオリも帰らせることができたのは、エリナがあの時に水を取ってくれたおかげなんだよ」

「で、でも……良かったのでしょうか。なんか、大変なことになってそうな気がしますが……」

「大丈夫。いざって時は……そうだな。二人で逃げるか」

「ふ、二人で、ですか？」

「あぁ、俺はエリナがいてくれればどこでも生きていけるからな。いや、エリナ無しじゃ俺はもう生きていけないよ」

「……ご主人様」

「だから、俺とずっと一緒にいてほしいんだ」

「も、もちろんです！　私は死ぬまでご主人様と一緒にいます！」

そう言ったエリナの手を握って、ハヤトの身体は家へと向かう。

向かう中で、ハヤトの頭に声が響いた。

〝全スキルを排出〟

それが全ての終わりの合図で、思わずハヤトは叫んだ。

〔ふざけんなッ！　恨むぞ、【スキルインストール】ッ！〕

《良かったじゃないか。何とかなって》

（なってねぇよッ！）

そう言うハヤトとヘキサの声は、エリナには聞こえているので彼女は首を傾げて聞いた。

「なんのお話ですか？」

《ハヤトはお前のことが好きだということだ》

「私もご主人様のこと大好きですよ！」

そう言って手をぎゅっと握ってくるエリナ。

ハヤトはヘキサに遺憾の意を込めて抗議の視線を送るが、彼女は肩をすくめて笑うだけ。

覚えてろよ、と内心で悪態を吐くと、ハヤトはボロアパートの外付け階段を上りながら、大きく息を吐き出した。

「……どうなるんだろうな、これから」

《なるようになるだろ》

こいつ、本当に他人事だな……と、ハヤトはヘキサの対応に深く息を吐き出す。

ダンジョンの最前線に潜るよりも、どっと身体が重かった。

結局、この状況は解決したんだろうか。

そんな考えが鎌首をもたげたが、残念なことにハヤトにはそれを考える気力すら残されていなかった。

「ハヤトさーん。お姉ちゃんが来ましたよー？」

朝の八時にそんな声と共にアパートの扉がノックされたら、多くの人間はどんなリアクションをするんだろうと、ズボンを穿き直している最中の半分パンツが見えてる状態で停止したハヤトは考えた。そんなハヤトにヘキサがお小言。

《どんな格好で止まってるんだお前は》

（これ俺が悪いの？）

誰が来たかなんて声を聞けば分かる。咲桜だ。

昨日はユイとデートをしたので、今日は流石に攻略を進めようと思ったハヤトがダンジョンに向かおうとしたところでこれである。出端をくじかれるってレベルじゃない。「昨日の今日で何しに来たんですか」

「何って、昨日ハヤトさんが言ったんじゃないですか」

「ん？」

「強くなりたいって」

言った気がする。言ったというか、言わされたというか。

ハヤトは内心でぽんと手をうち、ズボンを穿くとベルトを締めながら言った。

「昨日はそんなことを言ったんですけど、大丈夫です！　咲桜さんの迷惑になると思ったんで遠慮しておきます！　俺はダンジョンに潜るんで！」

「いいえ、心配は無用ですよ。弟はお姉ちゃんを頼るものです」

「あの、俺は咲桜さんの弟では……」

「将来的に弟になるんですよね？　昨日そう言ってくれたじゃないですか」

「それは言ってないです」

ちなみに言わされてもない。

「大体、強くなるって言っても何がどう強くなるって言うんですか。俺は才能がないから、こうして放逐されたってのに」

「そうですね……。ハヤトさんがよく使っていたのは『星走り』だと思うんですが」

ハヤトの口を尖らせた発言に、咲桜が返す。

「自壊しない『星走り』のやり方とか、いかがでしょう？」

「……どういうことですか？」

「気になりますか？　気になりますか？　残念、教えてあげません。お姉ちゃんって呼んだら教えてあげます」

　絶対に呼びたくねぇな、と思いながらもハヤトは頭の中で考えた。

『星走り』はハヤトが持っている最高火力の一撃だ。『天原』の技の中で名前を持っているだけあって、全体重を乗せ人の身で音の速さにも迫るそれは、これまでもこれからもモンスターを屠るためのメイン火力となるだろう。

けれど、撃つたびに身体が壊れるので連発できないという弱点があるのだ。

（……気になる）

《今のままだとデメリットが大きいものな》

　ヘキサの言葉にハヤトは深く頷いた。

　ハヤトの『星走り』のデメリット。それは、必ず自壊を伴うということだ。

《前回は右腕が粉砕骨折で、篭手の中で指が潰れたんだっけ？》

（人差し指と、小指な。篭手の中でぐちゃぐちゃになってたやつだろ）

「ひぃ……」

　エリナが小さく悲鳴を漏らす。

　ハヤトとヘキサが話しているのは七城シンの止めになった『星走り』。

その直前に、30階層の階層主モンスターに対して『星走り』を使ったというのもあったが、澪の治癒ポーションが無ければ腕を切断していたとしてもおかしくない重傷である。

だが、これは『星走り』そのものの欠陥ではない。他の天原は自壊を伴わずに、『星走り』を撃つ。あくまでも、『星走り』を撃つたびに自壊するのは、ハヤトが下手だからだ。

「ハヤトさーん。どうしました？　知りたくないですか？」

「いや、知りたいですけど……」

「じゃあ、お姉ちゃんと呼んでください。そしたらこのドアをこじ開けて、ハヤトさんにみっちり教えてあげますから」

「こじ開けるのはやめてください。いま開けますから」

築古なので扉を開けると、ギギ、と錆びた金具が音を立てた。

そんな古臭い建物には似つかわしくないほどの大和撫子がおしとやかに立っていた。

「お久しぶりですね、ハヤトさん」

「昨日会いましたよね？」

「昨日のは無しです。守銭奴がいましたからね」

守銭奴というのはツバキのことだ。ツバキが咲桜のことを皮肉を込めてお姫様と呼ぶように、彼女もまた皮肉……いや、直球で悪口を言う。

「さぁ、ハヤトさん。こちらへ。今日もダンジョンに潜られるのでしょう？　その前に軽くハヤトさんの力を知りたくて」

「知りたくて？」

「とりあえず、今日は手合わせしましょう」

「嫌です」

「ダメです」

全力で拒否したハヤトの手を掴むと、咲桜は笑顔のまま細身の身体に似合わぬほどの剛力で引っ張った。前線攻略者である自分がまるで赤子のように捻られたのに、一切驚いた様子もなく、ハヤトは部屋の中に叫んだ。

「え、エリナ！　俺、ちょっと行ってくるッ！　晩御飯までには戻るからッ！」

「しょ、承知です！」

エリナからそんな声を聞きながら、ハヤトは咲桜に身を任せた。

《信じられんな……。腕の細さなど、エリナとそう変わらないのにお前を力で上回るのか……》

（年季が違うんだよ、年季が……）

そう言うハヤトの声には諦めが混じっている。

　咲桜が常人を遥かに上回る筋力を発揮できるのは、筋肉の性質が普通の人間とは違うからだ。常人の筋繊維で持ち上げられる限界が三百kgだと仮定すると、草薙咲桜はその生まれが故に、数十倍から、下手すれば百倍近く持ち上げられるだろう。

　草薙の始祖が人間の品種改良を繰り返し始めて、千年と幾ばく。

　その極北にいるのが草薙咲桜である。同じように異能の品種改良を繰り返し続けてきた天原の極地にいるハヤトと至るまでの道程は同じはずだが、咲桜は完成品だ。欠陥品であるハヤトとは性能が根本から違うのである。

　そんなことを思いながら、ハヤトは黒い高級車に乗せられた。

　そして、咲桜が『出してください』と言うと、運転手が車を出す。

　そのまま、ダンジョンとは全く逆の方向に進み出すものだから、思わずハヤトは尋ねた。

「……どこに行くんですか？」

「近くの山です。買いました」

「はい？」

「だから、ハヤトさんのために土地を買いました。私が、というよりも草薙家が所有する土地なので好きなだけ戦えます。スキルも使っていいですよ」

「いや、外でスキルを使うのは犯罪でしょ」

「大丈夫ですよ。そんな小さいことを気にするような者は草薙の中にはいませんから」

そう言って微笑む咲桜。

ハヤトは価値観が違いすぎて、深くため息をついた。

「戦うためなら、外でやるよりもダンジョンの中でやった方が良いでしょ。銃刀法違反だって探索者相手は緩くなったとはいえ、まだあるんですよ」

「えぇ、ハヤトさんの言うことにも一理ありますね。私たちがダン、ジョン、に、潜れないということを除けば」

「……潜れない？」

それは初耳なのでハヤトが首をかしげると、咲桜は車の中に付いている冷蔵庫からよく冷えたペットボトルの水を取り出しながら続けた。

「はい。潜れないのです。私だけではありませんよ。同じように天原の面々もダンジョンに潜ろうとしましたが……なぜか、『転移の間』から転移しないのです」

『転移の間』というのはギルドにあるダンジョンに潜るための『宝珠』が埋まっている部屋のことだろう。そこにある宝珠を触ることで、探索者たちはダンジョンの中に転移する。

裏を返せば触らないと転移しないということなのだが、

「ちゃんと宝珠触りました？」

「ええ、もちろん。付き添いの探索者に触れてもらいましたが、私たちと一緒ではその探索者もダンジョンに潜れないみたいで首を傾げていました。私たちが『転移の間』から出ると、その探索者だけ転移してましたね」

そう言って、咲桜は手にとったペットボトルをハヤトに差し出した。

タダで貰えるなら貰っておこうと、ハヤトは長年の貧乏性を発揮してそれを受け取ると、ちらりとヘキサを見た。

その奇妙な出来事をヘキサなら説明できるかと思ったのだが、残念なことにヘキサは肩をすくめてハヤトに返した。

《悪いが私も初めて聞く事象だ。だが、何が起きたのかくらいは見当がつけられる》

(教えてくれ)

《私は草薙咲桜の強さをお前の伝聞でしか聞かないからなんとも言えないが……草薙咲桜は今の前線攻略者より強いんだろ?》

(そりゃあ、もう)

《だったら、ダンジョンは未成熟の内に突破されるのを嫌がったんじゃないのか》

(……ふん?)

《まぁ、つまりだ。地球に出来たばかりのダンジョンは幼い。生成された階層はせいぜい

10階層や20階層とかなわけだ。そんな階層、今の前線攻略者(フロントランナー)であれば簡単に攻略してしまうだろう？》

（だろうな。俺だって今さら20階層の攻略に手間取らないし……）

ヘキサ談ではあるが、ダンジョンは最初から１００階層分生成されているわけではない。じわりじわりと階層を地球の核(かく)に向かって生成して最終的に１００階層に到達(とうたつ)するのだ。

ちなみにだが、今の時点で生成されているのは67階層らしい。

《なら今の前線攻略者(フロントランナー)より強い草薙咲桜が、まだ10階層までしか出来ていないダンジョンに挑(いど)めばどうなる？》

（……簡単に攻略されてしまうってわけか）

《そうだ。そもそもダンジョンは『飴(あめ)と鞭(むち)』を使いこなして星の生命体を飼いならす。それよりも先に踏破(とうは)されてしまうのを嫌(きら)ったんだ》

（…………）

《そもそもダンジョンがどうして人を、その星の知的生命体を身体の中に入れるか考えたことはあるか》

（……いや、無い）

《命を喰(く)って、成長するからだ》

そういえば、とハヤトは思う。

ダンジョンは生命体だ。それなら、どこかからエネルギーを補給しなければ成長できない。一体そのエネルギー源が何なのか。そんなところまでハヤトは考えたことがなかった。

だが、ダンジョンが命を喰うというのであれば。

（つまり、ダンジョンは人を喰って成長してると？）

《別に人じゃなくても生き物ならなんでも良いんだと思うが……まぁ、そうだ。夢を見させ、『自分でもいける』と思い込ませ、自らに誘い込み、そこで死んだ人間をエネルギーにする》

ハヤトはヘキサの言葉を静かに聞いた。別にそれはダンジョンだけの性質じゃない。日本の〝魔〟にだって似たような存在はいる。長くを生きた狸などは人を化かし、自らの領域に誘い込み、殺す。

だったら、ダンジョンが似たようなことをしたって何もおかしくない。

《だが、草薙咲桜は明らかに当時のダンジョンには手に余る存在だったんだろう。だから、口を閉じた。恐らくお前以外の天原がダンジョンに入れなかったのもそういうことだったんだろう》

ハヤトはペットボトルの口を開けると、一口飲んだ。飲んでから、深く息を吐き出した。

ヘキサの言葉にどうリアクションすれば良いかよく分からなかったのだ。

草薙が入れず、天原は入れず、けれどハヤトはダンジョンに入れた。

（俺が弱くて良かったってことか）

《思ってもいないことを言うのはどうかと思うぞ、私は》

そんな感じでヘキサにたしなめられながら、ハヤトはしばらく車に揺られ続けた。

草薙家が購入した山の土地はハヤトの家から車で二十分のところにあった。奥まった場所にあるわけでもなく、そうかと言って街の近辺にあるわけでもなく、程よい山中。

車から降りて歩くこと数分。たどり着いたのは、妙に開けた場所だった。

見たところ広さは小学校のグラウンドくらいはあるだろうか。

とは言っても、グラウンドのように綺麗にならされているわけではない。広場は雑草だらけだし地面も平らとは無縁のデコボコ具合である。

山の中とはいえ、こんな広さの土地を確保するのはそれなりに金がかかっただろうと思ってハヤトは咲桜に尋ねた。

「ここ、高かったんじゃないですか？」

「価格は見ていないので覚えてません」

「……はい？」

「ですから、値段は見てません。ハヤトさんを強くするために買いました」

「なんでまた」

「ハヤトさんに、私をお姉ちゃんと呼ばせるためです」

「…………」

「冗談ですよ」

そう言って微笑む咲桜。

ハヤトは冗談だと思えないので無言。

「ハヤトさんにお姉ちゃんと呼ばれたいのも確かですが、それだけで土地は買えませんよ」

「それはそうでしょうが……」

困惑の表情を浮かべたハヤトに、咲桜は周りに人がいないというのにあえて声を小さくすると、囁くようにして言った。

「ハヤトさん。これはオフレコでお願いしたいのですが……ダンジョンを攻略しないと人類は滅びます」

「……ッ！」

咲桜の言葉に、ハヤトは息を呑んだ。

何もその話に衝撃を受けたわけじゃない。そんな話はヘキサから耳にタコができるほど聞かされている。問題なのは、どうしてそれを咲桜が知っているのかということで、

「……どうして、それを」

「『星喰』という生き物がいます。ハヤトさんはご存じですか？」

ハヤトは静かに首を横に振る。

そんな生き物は聞いたことがなかった。

「はるか昔の歴史書『日本記略』に出てくる生き物です。大地に根を張り、〝魔〟をばらまく。千二百年前の歴史書に、そういう記述があります。どこかで聞いたことのある話ですね」

語りながら咲桜は楽しそうに笑った。

ハヤトは何が面白いのか分からなくて、黙り込んだ。

大地に根を張り、〝魔〟をばらまくだと？　それはまるで、ダンジョンで……。

「知っているでしょう。千二百年前と言えば『天原』が草薙から別れた時です。そこには別れなければいけない理由があった。そして、記録には残っていないですけれど『星喰』は討たれた。一体、誰が討ったんでしょうね」

にこり、と咲桜はとびっきりの笑顔を向ける。

「そして『星喰』が討たれた物語はあらゆる変遷を辿って現代にたどり着きました。有名なのだと、『一寸法師』ですね」

「……？」

　ハヤトは静かに首を傾げた。

　一寸法師を知らないというわけではない。ただ、聞いた話と一寸法師の物語が頭の中で上手く繋がらなかっただけだ。

「あら、ご存じないですか？　小さい祓魔師が、鬼の体内に潜り込んで、鬼を討つ。その結果として数多くの報酬を得る。それはまるで、探索者のようじゃないですか」

　そして、咲桜は静かに構えた。

「一寸法師で、鬼は祓われました。それが、千二百年前の『星喰』との戦いの答えです。ですが、現代ではどうでしょう？　祓おうとした私も、天原も、ダンジョンからは締め出されました。彼らは学習して来ている」

「だから、俺を強くしようと？」

「ええ、そうです。人類のために、この国の人間のために、そして何よりハヤトさんのために」

「……俺のため？」

「ええ。ハヤトさんのためにも、です」

　ハヤトも咲桜との間合いを測るようにして、数歩離れた。

「一寸法師の逸話にあったでしょう。鬼を祓った祓魔師は、多くの報酬を得たと。それは現代でも同じこと。『星喰』を、ダンジョンを祓ったハヤトさんには、ありえないほどの報酬が待っています」

「何が貰えるんですか、それ」

「さぁ？　ダンジョンに聞いてみてはいかがでしょう」

「……？」

「『日本略記』には『星喰』を討った後のことが書かれていましたが、『星喰』から尋ねられたとありましたよ。なんでも願うが良いと」

「何を願ったんですか？」

「不老不死になる薬だそうです」

「んな馬鹿な」

　思わずハヤトはつっこんだ。

　そんなことを願っているんだったら、千年前から今の時代まで生きている人間がいるということになる。流石に嘘くさい。

それにダンジョンから産出される若返り薬……と、言って良いのかわからないが、『治癒ポーションLv7』でさえも、寿命は二年しか戻せないらしい。

そう考えれば、流石に『不老不死』はあまりに荒唐無稽だ。

そう思ったハヤトのツッコミに、咲桜も頷いた。

「私もそう思います。ここは恐らく竹取物語の影響が見られるので後世の創作と見るべきでしょう。私はそれよりも、『御三家の繁栄を願った』説の方が、現実味があると思っています」

「御三家の繁栄？」

「ハヤトさん。冷静に考えてみてください。帝の一族でもない普通の一族が千年も続くと思いますか？」

「……思いません」

咲桜の言葉は少なかったが、ハヤトは彼女が何を言いたいのかを理解することができた。

つまりは、異常な力を使っていると言いたいのだ。千年の歴史を持っている御三家が。

「今はわかりません。けれど、ダンジョンには千年の繁栄を手にする力があることは間違いないのです。ですから、ハヤトさんが『星喰』を攻略すれば、それだけの未来が約束されていると言っても過言ではないのですよ」

そんな繁栄は欲しくない。けれど、咲桜が自分のためと言った理由は理解できた。

ただ、だとしても疑問は残る。

「でも、咲桜さんの目的がわかりません」

「私の？」

今度はハヤトではなく、咲桜が首を傾げる番だった。

「今の話、咲桜さんへのメリットが無いじゃないですか。俺に攻略させて、『草薙家の繁栄を願う』なんてことを言わせたいんですか？」

「言わせませんよ。私のことを何だと思っているんですか」

あざとさを意図的に演出する女の子のように、少しだけ頬を膨らませて咲桜が拗ねる。

けれど、ハヤトはその反応こそが不思議に思うのだ。

「だったら、どうして俺を強くしたいと思うんですか」

「ハヤトさん。弟が幸せになるのを応援するのは、姉としておかしいですか？」

「……はい？」

「言ったとおりですよ。私にメリットなんてありません。でも、それが普通でしょ？　家族の間に利益なんて要らないじゃないですか。それが普通なんですよ」

「いや、そんなことを言われても……」

信じられるはずがない。

ハヤトは心の中で咲桜の言葉を切り捨てた。

「えぇ、今のハヤトさんは信じてくれないでしょう。でもそれで良いのです。信頼とは、積み重ねるものですから。では、そろそろ始めましょうか」

彼女は構え続けて、しびれを切らしたのだろう。

咲桜が笑う。これまでの微笑みではない。自分の好きなものを最後の最後まで取っておいて、食事の最後に味わおうとする……そんな、獰猛な笑み。

だから、ハヤトは肩をすくめた。

「……お手柔らかに頼みますよ」

ハヤトはそう言うと、手元に槍を生み出した。

世界が捻じまがり、白銀の槍が出現する。

「それがハヤトさんのスキルですか。武器を生み出す？　便利なものですね」

「これだけじゃないですよ、咲桜さん」

〝【身体強化Lｖ５】【真に至る踏鳴】【狂騒なる重撃】をインストールします〟

〝インストール完了〟

ハヤトの頭の中で声が響く。戦闘態勢は整った。

「良い顔になりましたね、ハヤトさん」

そういった瞬間、咲桜の姿が消えたッ！

神速の踏み込みは、『縮地』のそれ。武術家として当たり前の体術を咲桜はまるで近所のコンビニに買い物にでも行くかのような気楽さで使う。使えてしまう。

「はァッ！」

だが、ハヤトはその動きをギリギリ見きった。

咲桜の拳に向かって穂先を放つ。常人であれば怪我では済まない。殺してしまう。

だが、相手は常人ではない。

「私、思うんですよ」

ガッ！　と金属と金属が激突したような重たい音。見れば、咲桜が柔らかい右の手のひらで、穂先を受け流していた。みしり、と槍の剛性を上回る膂力によって、ハヤトの生み出した槍が悲鳴を上げる。

「槍って長い分、取り回しが悪いんですよね」

バキ、と音を立ててハヤトの槍が砕けた。

「だから、短くしてあげました」

思わず笑う。笑わないとやってられない。

今の槍は、32階層ですら通用した武器だ。それを素手で砕くなんて……ッ！

「……ッ！」

短く息を吐きだすと、【真に至る踏鳴】を発動。

咲桜の『縮地』を上回る速度で大きな一歩を地面に叩き込みながら、ハヤトの手元にはナイフが生み出される。狙うは脇腹の肝臓部分。人体の急所だ。

〝【狂騒なる重撃】を排出〟

〝【一点突破】をインストールします〟

〝インストール完了〟

そうハヤトの頭の中で【スキルインストール】の声が響くのと、腹に深い衝撃が走ったのは同時だった。

「……かッ！」

肺の底から酸素が抜けていくのを感じながら、視界の端でハヤトが捉えたのは、深く鳩尾に突き刺さった咲桜の拳。

「飛び込んできたのは、ハヤトさんですよ」

咲桜はさらに深くハヤトの身体の内側に拳を入れる。身体の全てから酸素を奪うかのように深く。けれど、ハヤトとて、やられ続けるわけにはいかない。本来は前に踏み込むためのスキルである【真に至る踏鳴】を後ろに放つと咲桜から距離(きょり)を取る。

そして二度、深く呼吸をした。

「戦っているときに途中(とちゅう)で武器を切り替(か)えられるんです？　それ、混乱しませんか」

「……最初の内は。でも、もう慣れました」

「流石です」

ハヤトの短剣(たんけん)が黒い霧(きり)になって消えていくと、代わりに握(にぎ)られたのは長剣(ちょうけん)。

取り回し良く、斬(き)れ味(あじ)も良く、強度も十分。オーソドックスであるがゆえに、強い。そういう武器だ。

「長剣ですか？　使い慣れている刀ではなく？」

「……日本刀は、下手なので」

咲桜の言っているのは、大原での訓練のことだろう。

確かにありとあらゆる武器の中で、ハヤトが最も握った時間が長い武器は日本刀だ。それと同じく、最も自分に向いていないと諦めた武器もまた、日本刀である。

〝【真に至る踏鳴】を排出(イジェクト)〟

〝【鎌鼬(カマイタチ)】をインストールします〟

〝【一点突破】を排出(イジェクト)〟

〝【斬撃強化】をインストールします〟

〝インストール完了〟

ハヤトの武器に合わせるように遅れて【スキルインストール】がスキルを切り替えた。

(こいつ、こういう時には役に立つんだよな)

《いつも役に立ってるだろ》

(昨日のあれのどこが役に立ってたんだ！　おいッ！)

そんなやり取りを挟みながらハヤトは再び気を引き締め直すと、剣を下ろす。そして、地面を蹴って後ろに飛んだ。それを追うようにして、咲桜が地面を蹴る。ならされていない地面の上を器用に走ると、咲桜は加速。

それを狙って、【鎌鼬】を放った。斬撃を飛ばすそのスキルをハヤトが持っているなど、咲桜は知らないはずである。だから彼女は目を丸くすると、反射的に右手を掲げた。

だが、その腕は生身だ。止められるはずがない。

止められるはずもないのに、
ギィイインッッツツ！

まるで金属同士が激突したような音を立てて、ハヤトの斬撃は咲桜に受け止められた。

「はぁッ⁉」

「何も驚くことはありませんよ」

気がつけば目の前にいた咲桜の言葉が、驚愕に包まれるハヤトに向かって紡がれる。

「『凝鉄血』――血中の鉄分濃度を操作し、身体の一部に集める。そういう技術があるのです。練習すれば、ハヤトさんにも出来ますよ」

「出来ないでしょ……ッ！」

ハヤトがそういって言葉を吐き出しかけた瞬間、そっとハヤトの胸元に咲桜の手が置かれた。優しく、軽く、まるで子供の頬を撫でるかのように、

「では、ハヤトさん。お見せしましょう。これが、自壊しない『星走り』ですよ」

咲桜とハヤトの距離はゼロ。加速するための距離を稼げない。

それでは、身体を音の速さに乗せることなど出来ないはず……。

そこまで走らせたハヤトの思考をあざ笑うように、咲桜は口を動かした。

「その名を、『星穿ち』といいます」

刹那、ハヤトは胸で弾けた衝撃に……意識を手放した。

「……起きましたか」

「ここは……」

ぱちりと目を開くと、こちらを覗き込む咲桜と、彼女の長い髪が目に入ってきた。

空は真っ青。突き抜けるような晴天。けれど後頭部は柔らかい感触。

（どういう状況？）

《お姫様に膝枕だ》

（なるほど）

ふわふわと浮かんでいたヘキサに尋ねると、端的に答えが返ってきた。いつまでも咲桜の膝に頭を載せているわけにもいくまいということで、ハヤトが身体を起こそうとした瞬間、胸に突き刺すような痛みが走った。

「……痛っ」

「これを飲んでください。Ｌｖ２の治癒ポーションです。骨折くらいはすぐに治してくれるでしょう」

「骨折って……やっぱり、肋骨が折れてるんですか」

「はい。でも安心してください。肺や心臓には刺さらないように調整しました」

けろりとそう言う咲桜の技量にハヤトは息を呑んで、手にとった治癒ポーションを飲み干した。身体に優しい甘さが広がると、胸の痛みがじわりと引いていく。

「良い動きでしたよ、ハヤトさん。ただ、いくつか気になるところもありましたが」

「……それは、後で教えてください」

咲桜と戦ってみて分かった。

未だに草薙咲桜は自分の前で実力の底を晒していない。まるで子供と遊ぶかのように楽しんでいた。だが、だからこそ、聞かなければならないことがある。

「さっきの技……」

「『星穿ち』ですか？」

「そう、それです」

咲桜はハヤトの身体に触れた状態で、『星走り』に遜色ない一撃を叩き出していた。

それがどういう術理なのか、ハヤトの好奇心を刺激した。

「あれ、どうやったんですか」

「知りたいですか？　ええ、教えてあげましょう。約束ですからね。でも、そのためには、ちゃんとお姉ちゃんと呼んでください」

「………………」

ハヤトは沈黙。

けれど、これもダンジョンを攻略するためだと思い直して、努めて明るく言った。

「教えてください、お姉ちゃん」

「はい、もちろん！」

言うが早いか、ハヤトは咲桜に抱きしめられた。

……なんなんだよ、これ。

ハヤトはひどく混乱した。

咲桜との特訓は昼前には終わった。特訓は詰め込みすぎても意味がないという咲桜の正論によって解放されたハヤトが次に向かったのはダンジョンである。

当たり前だが、刻一刻とダンジョンが地球を飲み込むまでのカウントダウンは刻まれているのだ。少しでもダンジョン攻略を進めておくのが、ハヤトが現状出来ることである。

そんなことを考えながら、ギルドに向かったらユイがいた。

彼女はハヤトを振り向くと、思いっきり指差して大声で呼び止める。

「あっ、いたッ！」

「……なんだよ。声でかいって」

「今日こそ『スキルオーブ』がドロップするまで手伝ってもらうわよ！」

周囲の目を気にせずそう言うユイに対して、ハヤトはわずかに沈黙を挟むと酷く言いづらそうに顔をしかめながら口を開いた。

「そのことなんだが……」

「どうしたの？」

「婚約者の振りはしなくても良くなったんだ。だから、あの約束は無かったことにして欲しくて……」

「はぁ⁉　なんでよ」

「いや、色々あって……」

ユイが【認識阻害の指輪】を着けてデートに来たら婚約者が勘違いして話が壮大になり、やってきたところを下手なナンパ師っぽいことを言って言いくるめた、なんことを言って彼女は信じるだろうか。きっと信じはしないだろう。

「じゃあ、私は誰と一緒に『スキルオーブ』を取りに行けば良いのよ」

「クランのメンバーに頼むのはどうだ？　ほら、六人組だろ？」

「何言ってんのよ。他のメンバーに迷惑かけられないから、アンタを誘ってるのに」

「俺は良いのかよ、迷惑かけても」

「まぁ、ハヤトは許してくれるし」

「………………」

面の皮厚ィな、こいつ。

ハヤトは片眉をひそめて、続けた。

「とにかく、『スキルオーブ』が出るまで付き合ってもらうわよ」

「でも、婚約者の振りはしなくて良くなったし……」

「デートに付き合ってあげたでしょ」

「……で、でも、俺の幸運値は3だし」

「うるさいわね。やると言ったらやるのよ！」

ということで有無を言わさぬユイに引っ張られるようにして、ハヤトはダンジョンの深部に潜ることになった。

俺も攻略する時間が欲しいんだが……と、ユイに言おうと思ったが、ハヤトは今の自分のステータスを思い返して黙り込んだ。

というのも、攻略を急いでいるあまりにステータスが最前線を攻略している探索者たちの平均未満なのだ。

しかし、これから潜る32階層は最前線と2階層しか違わぬ高階層。

だったらそれを活かしてステータスを上げた方が攻略には良いかも知れない、と前向きに捉え直して、ハヤトはユイと共に夜の村に降り立った。

降り立つなり、ハヤトは前回の『スキルオーブ』探しを思い出してナイーブな気持ちになった。

「もう少し変化が欲しいよな。やることと言えばサキュバスを狩るだけだし」

「良いじゃない。どうせ途中で他のモンスターを倒すんだし、そこでドロップアイテム手に入れれば数十万よ？　一日でそんなに稼げる仕事なんて無いじゃない」

「それはそうなんだけど……。現実味が無いっていうか」

「それは……そうね。アンタの言う通りだわ」

二人して『夜村』エリアを抜けながら、そんな会話を重ねる。

ユイの左手首には相変わらずの『アイテムボックス』が、月の光を反射して光っていた。

（手に入ったアイテムは全部ユイに持ってもらおう）

《荷物は男が持つもんだぞ》

（『アイテムボックス』持ってるのに？）

《そういうところで格好つけれる男がモテるんだ》

そう言ったヘキサに何かを言い返そうと思った瞬間、ユイが真正面を向きながら「そういえば」と切り出した。

「この間、久しぶりにクランで攻略したんだけど」

「久しぶりに？」

「ハヤトと潜ってる時間の方が長いもの」

「あぁ、そうなんだ」

それはクランに所属している意味あるのか、という言葉が喉元まで出かけたがハヤトはぐっと呑み込んだ。

「で、話を戻すんだけど、この間みんなと潜ったら、全員合わせて収入が400万を超えてたのよね」

「それ一日で？」

「一日で」

「やば……」

「ほら、私が『アイテムボックス』を持ってるじゃない？　それで、持ち帰れるアイテム量が増えたのが大きかったのよ」

ハヤトは「へぇ」と相槌を打つと飛んできた魔法を避けて、逆に撃ち返す。

直撃したサキュバスが絶命して、黒い霧になる。

その後にはサキュバスの着ていた服が残った。

「おっ、なんかドロップしたぞ」

「それ『スキルオーブ』じゃないでしょ」

呆れたように呟くユイに、ハヤトは服を拾い上げて答えた。

「後衛用の防具じゃないか？　これ」

「この服のどこが防具なのよ。ほとんど布切れじゃない」

そう言ってハヤトの持っている服を見ながらユイがため息をつく。

サキュバスの着ていた服がそのまま落ちているので、ユイの言っていることはとても正しい。けれど、32階層で手に入るサキュバスの防具が普通の防具なはずもないと思ったハヤトはスマホを取り出すと検索。

「このアイテム『サキュバスの夜装』だってさ」

「夜装ってことは昼の服もあるってこと？」

「知らん。効果は『耐久力＋2　魔法攻撃力＋24』」

「えっ!?　この布切れが『魔法攻撃力＋24』!!?」

「まだあるぞ」

ハヤトはスマホの画面をスクロールすると、『追加効果一覧』というページに書かれた最後の効果を読み上げた。

「これ着たら【魅了付与Lv1】が使えるようになるってさ」

「……は？」

「ちゃんと聞いてるわよ！　なんで防具を着るだけでスキルが発動すんのって聞いてるの！」

「それは俺も知らん。30階層超えたし、そういう防具が出てきてもおかしくないだろ」

「だ、だからってよりにもよってなんでそんな服に【魅了付与（チャーム）Ｌｖ１】が付いてんのよ！」

「俺に言われても……」

確かに『サキュバスの夜装』は際どい服装である。際どいというか、それを着て動けば色々なものが見えそうなレベルでは危ない服装である。

「そんなに言うなら売るか？」

「ちょ、ちょっと待って」

「どうした？」

ハヤトの問いかけに、ユイは黙って手を差し出した。

「……わよ」

「は？」

「私が預かるわよ！」

「着るの？」

「じゃあ売ったほうが良いんじゃないか？」

「それは……ちょっと……」

ユイがそう言うものだから、ハヤトは『なんだこいつ……』と思ったものの、サキュバスを倒したのは二人である。

だとしたらドロップアイテムの所有権も二人にあるはずで、その片方が『売るな』と言うのであればハヤトとしては異論を挟むべきではないと思ったりもする。

そういうわけでハヤトはユイにアイテムを譲渡。

今度は装備ではなく、『スキルオーブ』が落ちれば良いなと思いながら、ハヤトが続けてサキュバス狩りに行こうとした瞬間に、ユイがハヤトの襟元を引っ張った。

「待ちなさいよ！」

「急に首のとこ引っ張るのやめろって。それで、なんだよ」

「ちょっと試着するわ」

「何を？」

「これよ」

これ、とユイが差し出したのは『サキュバスの夜装』である。

「……なんで？」

「本当に【魅了付与Ｌｖ１】が使えるのか試してみたいじゃない」

「別に今じゃなくても良くないか？」

「馬鹿。今じゃないとダメなのよ」

「なんでだよ」

「冷静に考えてみて。こんな服を他のメンバーの前で着れるわけないじゃない」

「家で着れば良いんじゃないの？」

「ダンジョンの外でどうやって『スキル』が使えるかどうか判断するのよ」

「……俺の前なら着ても良いと？」

「ち、違うわよッ！　アンタ一人だったらアンタが目を瞑れば済むって話よ！」

ユイに怒られて、「それもそうだな」と思ったハヤトは、

「分かったよ」

と、返した。

「着替えてくるから、ハヤトは『安全圏』に誰も入ってこないように見張ってて」

「はぁい」

生ぬるいハヤトの返事を聞きながら、ユイが入っていったのは誰もいない民家の中。そ

れが、この階層の『安全圏（セーフエリア）』の一つである。

「ちゃんと見張っててよ」

「分かってるって」

ハヤトが立ったのは民家の扉（とびら）の前。

門番のようにそこに立ちふさがって、他の探索者が寄り付かないようにしたのだ。

ユイが着替えている間、することもないのでハヤトは扉の前に座（すわ）り込むと聞いた。

「なぁ、ユイは大変なのにどうしてアイドルを続けてるんだ？」

「どうしたのよ、急に」

「なんとなく、気になってさ」

「前も言ったでしょ。私にはこれしか無かっただけよ。私がアイドルになればママ……母親が喜ぶ。母親が喜んでるうちは、殴（なぐ）られないし」

「ふうん？」

ハヤトは相槌を打った。

打ってから、果たしてこれは触（ふ）れて良い話題なのかを考えた。

「私の母親は音楽の先生で、昔は歌手になりたかったらしいの。それでも、両親の反対を押（お）しきれずに学校の先生になったんだって。だから、その代わりを私に求めたの。ほら、私って可愛いし」

「自分で言うか？」

「事実だもの。それに、母親の才能も引き継いで歌もそこそこ上手に歌えるし。運動神経も悪くないし」

「じゃあ、母親が勧めなかったらアイドルはしてなかったって？」

「かもね。普通の女子高生やってたんじゃない？」

想像つかないな、と思う。

ハヤトにとってユイは出会ったときからアイドルだ。最初は気が付かなかったが、今ではそっちの方がしっくり来る。

だから、ハヤトはアイドルでは無いユイを想像して……ちょっと笑った。

それは自分が無事に中学を卒業して、高校生になった妄想と全く同じ。意味の無い妄想だ。

「そうね。あとは、父親捜しかしら」

「え、なに？　重たい話？」

「違うわよ。母親が音楽の教師だって言ったでしょ。父親は体育の先生をやってたの」

「エリート一家だな」

「馬鹿にしてる？」

本心で言ったのに……と、ちょっとしょげるハヤト。

「二年前。この国にダンジョンが出来た時、私はオーディションで東京に行ってた。母親もそれについてきてた。だから、私たちは巻き込まれなくて済んだ」

「巻き込まれる？」

「分かってるでしょ。私の父親は、ここで働いていたのよ」

ここ、と言ってユイがどこを指差したのかは、扉一枚を隔てているハヤトには何も分からなかった。けれど、彼女が何を指してそう言ったのかはよく分かった。

「ここって……そういうことか。ダンジョンが出来る前の……！」

「そういうこと」

ユイの言葉に、ハヤトは息を呑んだ。

他の六つの国と違って、ダンジョンを日本にもたらした隕石は授業中の高校に衝突した。そして、跡形残らず消し飛ばした。

「ダンジョンが出来て、教職員を合わせて七百人近くが行方不明になった。隕石の衝撃で死んじゃったとか、ダンジョンの中に取り込まれているとか、異世界に行ったとか、みんな好き勝手に言ってるけど……もしかしたら、この中で父親が生きてるかも知れない。でしょ？」

「だから、探索者に？」

「そう。探索者をしながらアイドルもできる。それを両立できるのが、これだけだっただけよ」

「人生、色々あんだなぁ」

「適当ね。アンタだって訳ありでしょ」

ユイに話を振られて、ハヤトは少しおどけた。

「え？　聞きたいか？　俺が中学二年生のときに、死ぬか、二度と家に戻らないか選ばされた話」

「嫌よ。何が面白いの、それ」

「だよな」

ハヤトは肩をすくめて笑った。

人生、何かを抱えていない人間の方が少ないとハヤトは思う。

そう思わないとやっていられなかっただけかも知れない。

《割り切って前を向いている分、私はお前のことを強い男と思っているがな》

（やめろよ、急に褒めるの）

《そうか？　私は事実を言っただけだぞ》

　ヘキサがそう言うと、扉の奥(おく)の方から、ガタ、と音がした。

「着替えたか？」

「ええ。ちょっとキツイけど……」

「そうか。ならさっさと【魅了付与(チャーム)Ｌｖ１】が使えるか試してくれ。早く俺は攻略に戻りたいんだ」

「ちゃんと目を瞑ってなさいよ」

「はいはい」

　ハヤトはそう返事をして目を瞑った。その瞬間、ガチャ……と扉が開かれる音が聞こえてきた。

「なぁ、もしかして俺はユイが試すまで目を瞑ったまま攻略すんの？」

　視界が真っ暗のままハヤトがそう尋(たず)ねると、ユイは無言のまま何も言わない。

『安全圏(セーフエリア)』の近くにいるとは言え、ハヤトたちがいるのは32階層。目を瞑ったままでいるのは危険だし、このまま攻略できるはずもなくハヤトはユイに聞いたのだが、返ってきたのは小さな詠唱(えいしょう)だった。

「……『魅了(チャーム)』」

ふわ、とハヤトの心臓が暖かい何かに包まれたのは分かった。

分かったけれど、それで終わった。

「どうした？」

「……えっ？　は？　なんで効かないの？」

困惑し続けるユイに理由を説明しようと思ってハヤトが思わず目を開くと、そこにはサキュバスの服装を着込んだユイがいて、思わずハヤトはフリーズ。

暗いからか、全ては見えなかった。だがユイの言う通り、どうにも彼女の体格に対してワンサイズほど小さいサキュバスの服を無理やり着込んでいるからか、色々と無理しているのか、一言で言ってしまえばパツパツだった。

だが、ハヤトはここで謎のデリカシーを発揮。

ユイのそれを見て見ぬ振りをして、言った。

「俺、『魅了』が効かないんだよ。言わなかったっけ」

「……ッ！」

ぱ、と一瞬で顔を真赤にしたユイに、ハヤトは続けた。

「モンスターで試すんだろ？　早く行くぞ」

「この格好で外歩けるわけないでしょッ！」

「いや、出てきたのはユイ……」

しかし、その言葉をユイは聞くことなく、勢い任せに扉を閉めた。

《お前に効かないのを忘れていたな、さては》

（俺に『魅了（チャーム）』をかけようとしてたってこと？　なんで？）

《……かかりやすそうだと思ったんだろうな》

（もしかして馬鹿にされてる？）

ある意味ではそうなのかも知れないが、ヘキサはハヤトに伝えない方が良いと判断して黙（だま）った。

サキュバスの服に着替えた半分の時間で元の防具に着替え終わったユイが『安全圏（セーフエリア）』から出てきた。その手にはさっきまで着ていたと思われる『サキュバスの夜装』が握られていて、

『その防具どうする？』

「今の時間……」

ハヤトの問いかけにユイは答えず、ただじぃっとハヤトを見た。

「今の時間は何も無かった。良いわね？」

「え？　いや、ユイが着替えて」

「何も、無かった。良いわね？」

「う、うん。まぁ、分かった……」

有無を言わさぬ圧力で押し切られてしまったハヤトはサキュバス狩りに戻った。

その日、一日かけてようやく【ドレイン】スキルがドロップした。


目的の『スキルオーブ』が手に入って、ややテンション高めのユイと一緒に『ギルド』に戻ると、窓から差し込む光はすでに夕方のものだった。

「今日はありがとう。助かったわ」

「……まぁ、約束だったからな」

「そうね。せっかくデートもしたんだし」

ユイが32階層でドロップしたアイテムを精算するためにカウンターに載（の）せていく中で咲（さき）は少しだけ目を丸くして尋ね返した。

「あ、ハヤトさんとユイさん本当にデートされたんですか？」

「したわよ。こいつの弟子（バンド）に絡（から）まれて大変だったんだから」

本当に大変だったのはその後だよ、と言えないハヤトは沈黙を貫（つらぬ）く。

ユイは続けてカウンターにアイテムを載せていくが、しかし『サキュバスの夜装』だけはカウンターに載せないあたり、何か思うところもあったのだろうか。

《普通に考えてさっき着たものを売りに出すわけ無いだろう……。常識だぞ……》

（そういうものなの……？）

いまいち理解できないハヤトは首を傾げる。

しかし、そんなハヤトをおいて咲は笑顔でユイに尋ねた。

「ハヤトさんとのデートは楽しかったですか、ユイさん」

「……まぁ。うん。楽しかったけど」

「それは何よりじゃないですか」

咲がそう言って笑うと、ユイは何も言えなくなったのか「ふん！」と言ってそっぽを向いてしまった。

シオリ相手にしろ、ユイ相手にしろ、咲さんは本当に上手く扱うな、と思う。

そんなこんなで精算を終えると、ユイは自分の口座に振り込まれた金額を満足そうにみて、頷いた。

「じゃ、私はこれからレッスンがあるから。またね、ハヤト」

「あぁ、またな」

「次こそ【魅了付与Ｌｖ１】の『スキルオーブ』を手に入れるわよ」

「……え？」

「じゃあね」

しかし、それだけ言ってユイは去ってしまった。

（マジ？　あれをもう一回やるの？）

《出るまでやるという約束だったじゃないか》

（あれはツバキを騙すって約束したからだろ？　もう騙す必要ないのにやるの⁉）

《やるみたいだな》

（クソッ！　じゃあ、ユイに捕まる前に攻略だ！　今日は35階層まで進めるぞ！）

《いや、それは無理だと思うぞ》

（え、なんで）

そう言ったハヤトの先を指し示すように、ヘキサはまっすぐギルドの入り口を指差した。

そこには、見慣れたピンクの制服と、魔女帽子を被っている二人の少女が、タイミングよくギルドにやってきて、

「あ、師匠！　今日もお願いします！」

「ハヤト。タイミング良い」

時刻はすでに午後の五時。

いた。

澪の授業が終わって、二人でギルドまでやってくればそれくらいの時間にはなるだろう。というわけで、すっかり出端をくじかれたハヤトはそんな態度をおくびにも出さずに頷いた。

「……今日は、４階層を攻略しようか」

元よりその約束を彼女たちとしていたのだ。

まさか、ハヤトが自分の都合でそれをキャンセルするわけにもいかないだろうということで、このまま弟子育成にシフトである。

「はい！　あ、そうだ！　師匠から貰った【剣術】スキルのおかげで、３階層でも役職持ちゴブリン相手に手こずらずに攻略できるようになったんですよ」

「嘘。澪はまだ危なっかしい。私がいないと、すぐに死ぬ」

「で、でも前の攻略はロロナちゃんの【治癒魔法】が無くても攻略できたよ……？」

「それは私が【身体強化付与Ｌｖ１】を手に入れたから」

互いに成果を誇りたがる二人の弟子の話を聞いていたハヤトは、ロロナの口から飛び出した聞き捨てならない言葉に思わず引っかかった。

「何？　ロロナ、いまなんて……？」

「澪に【治癒魔法】を掛け続けてたら、【身体強化付与Ｌｖ１】を手に入れた。だから、それを使ってる」

そう言いながら、ロロナは『ステータス』を表示するとハヤトに見せてきた。
スキル欄に表示されている新しいスキルにハヤトは息を呑んだ。

「手に入れたって……別に『スキルオーブ』を使ったわけじゃないんだろ？」

「そう。気がついたら手に入ってた」

「まじかよ……」

「駄目だった……？」

心配そうに聞いてくるロロナに、ハヤトは首を振る。

「駄目じゃないが……」

駄目ではない。駄目ではないのだが、そんな話は聞いたことがなかった。

例外をあげるとしたら、

《才能だな》

（それで片付けて良いのか？）

《『異能』だろう？　それ以外にどう片付けるんだ》

ヘキサの言葉に、ハヤトは深く息を吐き出した。

全くもって、彼女の言う通りである。

「今日はこのあたりにしておきましょうか」

「……ありがとう、ございました」

息も絶え絶えになったハヤトがそう言って地面の上で横になると、土の柔らかい匂いと、草が焦げるツンとした匂いが鼻の奥を刺激した。

咲桜とハヤトがいるのは、草薙家が買い取った山の中の土地。その開けた部分の中心である。咲桜に稽古をつけてもらい始めて二週間。

その結果は上々、というか破格のものだった。

咲桜はハヤトにゼロから戦いの型を叩き込むのではなく、ハヤトがこれまで培ってきた技術に上乗せするようにして技量を伸ばしてくれたのだ。

（マジで『お姉ちゃん』呼びさせてくる以外はマトモな人なんだよな……）

《呼ぶだけで鍛えてくれるんだから良いじゃないか》

（そこまで割り切れないっての）

寝そべって肩で呼吸するハヤトとは違い、先程まで和服姿でハヤトと殴り合いをしていたとは思えぬほどに涼しい顔をして、咲桜は車の中から冷たい水を持ってきた。

「最近、調子が良いみたいですね。ハヤトさん」

「何がですか？」

「聞きましたよ。36階層を突破されたんでしょう？　前線攻略者として、破竹の勢いじゃないですか」

「……そうでもないですよ」

ハヤトがヘキサと出会って、すでに二ヶ月が経とうとしている。

タイムリミットまで残り十ヶ月。ぐずぐずしていると、すぐに終わりがやってきてしまう。だというのに日本のダンジョンすら攻略できていない現状に、ハヤトは焦りだけが募っていた。

「俺はもっと強くなって、ダンジョンを攻略しないといけないんです」

「そう焦ってはいけません。出るのでしょう？　『星喰』の中には攻略を急ぎすぎると、それを咎める抑止者が」

咲桜の言っているものは『招かれざる来訪者』のことだ。前線攻略者が攻略を急ぎすぎた結果、24階層が地獄になったのは記憶に新しい。

しかし、それは今更ハヤトが言って止まるようなものではない。

何しろ日本ダンジョンの攻略速度は今までのそれを遥かに上回っている。

これまでは二年で24階層……つまり、一ヶ月およそ1階層のペースで攻略されていたというのに、現在は一ヶ月で12階層も攻略されているのだ。

だから、ハヤトが気をつけたところで『招かれざる来訪者』は再び登場するだろう。

ここまでの異常な攻略進度が成し遂げられた理由は、いくつか考えられる。

例えば25階層を攻略したことによりもたらされたスキルのレベル上限解放。

あるいは二年前からAランク探索者たちが育ててきた弟子たちが、前線攻略者になり弟子を取り、加速度的に探索者たちが成長しているというのもあるかもしれない。

けれど、それだけではその破格の攻略ペースは説明できないところがある。

「この一ヶ月で攻略速度が跳ね上がったのはハヤトさん。貴方のおかげでしょう？」

「何を言ってるんですか。そんな訳無いでしょう」

「いいえ、ありますよ。貴方は攻略に対し、中だるみになっていた他の攻略者たちを奮起させたのです。その結果として、攻略速度があがった。そうでなければ、この一ヶ月で12階層も攻略できるわけがないのです」

「………………」

ハヤトは無言。

それは、褒められているというよりも、おだてられているみたいで、あまり気分は良くなかった。

「けれど、焦りは禁物ですよ。私たちの試算によれば『星喰』がこの星を喰らい尽くすまで、あと二年と半年。それだけあれば、ハヤトさんがダンジョンを攻略するのも夢じゃないでしょう」

「二年と半年？　どういう計算ですか？」

「現在のダンジョンの成長速度と『日本略記』に書かれている情報から推測したものです。とは言っても千年前のものなので、正確に当てるのは難しいですが」

咲桜の諭すような言葉に、ハヤトはヘキサを見た。

だが、ヘキサの方は険しい顔で、咲桜の言葉を否定する。

《残念だが間違いだ。ダンジョンは二年という期間を用意してはくれていない》

（ヘキサが最初に言ったことの方が……正しいのか？）

《そうだ。私はこの星に来る前に、『星の寄生虫』が星を壊すまでの期間を予測した数理モデルを見たことがある。当然だが、千年前とは比べ物にならないくらいに早い。残り期間はどんなに長く見積もっても、十ヶ月だ》

（……ッ！）

ハヤトは静かに息を呑んだ。

別にハヤトは地球の未来を救いたいわけではない。

人類の救世主になんてなりたいと思ったこともない。

ただヘキサが、自分ならやれると思ってくれて、攻略者として自分を選んでくれた期待に応えたいだけなのだ。

ハヤトは身体を起こすと、咲桜から受け取ったペットボトルの水を一気に飲み干した。

「咲桜さん。俺はもっと早くダンジョンを攻略するつもりです」

「二年では長いと？」

ハヤトは頷く。

「俺は一年で攻略するつもりです。他のダンジョンも合わせて」

ハヤトが土を払いながら立ち上がると、咲桜は何も言わなかった。

言わずにただじぃっとハヤトを見ると、「……良い」と漏らした。

「良いですね、ハヤトさん。目標に燃える男って感じで！」

「……？」

「キラキラしてて素敵ですよ」

「ありがとう、ございます……？」

なんで褒められたのか分からずに首を傾げたハヤトを、咲桜は車に案内。

「『ギルド』まで案内しましょう。どうぞ、ハヤトさん」

そうして車に乗り込むと、咲桜は冷蔵庫から治癒ポーションを取り出して無言でハヤトに差し出した。

ハヤトもそれを受け取ると、感謝の言葉とともに一気に飲み干す。

冷たい液体が喉を通り抜けた瞬間、咲桜に撃ち抜かれた両肩や腎臓の痛みが引いていくのが分かった。

「そういえば、最近はあの守銭奴を見ませんね」

「ツバキですか？　確かにそういえば、どこに行ったんですかね」

『仕事で忙しい』というのが多分答えだとは思うのだが、【スキルインストール】に好き勝手やられた後なので、あのまま連絡が取れないとなるとハヤトとしては思うところもあるわけである。

そんなハヤトの内心を知らずか、咲桜は笑顔で吐き捨てた。

「なにか下らない金儲けのことでも考えているのでしょう」

「……咲桜さんって」

「はい」

「ツバキと仲が悪いですよね」

「えぇ、まぁ。身内を引き抜こうとしましたからね」

「あぁ……」

ツバキが引き抜こうとした咲桜の身内なんて一人だけだ。

「そういえばハヤトさん。最後にあの守銭奴と会ったときに、結婚するまで待ってほしいみたいなことを言ってませんでしたか？」

「言ってましたっけ？」

どきり、と心臓を貫かれたような痛みを覚えてハヤトはすっとぼけた。

すっとぼけ続けるしか、無かった。


というわけで地獄のような二十分を過ごし、ギルドにやってきたハヤトは併設されている食堂で昼食を摂ることにした。

身体を激しく動かす探索者たちにとって欲しいものは何よりもカロリーと、食事の量だ。

というわけで、ご飯大盛り無料をいつでもやっているのが貧乏性のハヤトにとって嬉しい店である。

あと、店内がそこまでオシャレじゃないので店に入るときに気を使わなくて済むのもハヤトが推したいポイントだ。

(今日は37階層の攻略すんぞ)

《気合充分だな》

(まぁな)

ハヤトは片手にスマホ、片手に箸という褒められた格好ではない姿でとんかつ定食を頬張る。何を見ているのかといえば、37階層の攻略情報だ。

《行儀悪いぞ》

(言ってる場合か。時間が惜しいんだ)

現在公開されているマップ、モンスター、手に入るアイテムなどを流し見していく。流し見するのは、ほとんど情報が揃っていないからだ。

ハヤトが36階層を突破したのは一昨日。ついでにハヤトが記した地図を公開したのも、同じ日付である。他の探索者たちがハヤトの攻略情報を元に36階層を攻略して、37階層に進みだしてはいるが、昨日の今日ではマトモな情報は出揃っていなかった。

(……これじゃ見ても意味ないな)

《価値のある情報を無料でばらまくやつはいないからな》

ヘキサがそう言うものだから、ハヤトは静かに唸った。

その通りだ。

その通りなのだが、もう他の探索者が情報を出してくれても良いとは思うのだ。

ハヤトはため息をつくとスマホをしまい込んで、残りの食事を全部かきこんだ。

そのまま37階層を攻略しに行こうと受付に向かった瞬間、隣から信じられないくらいの力で腕を掴まれた。

「ようやく見つけた」

「うわッ！」

悲鳴じみた声を上げながらハヤトは腕を掴んだ人物を見た。

いや、この握力の強さは見なくても誰か分かる。

「なんだよ、シオリッ！」

「最近、ハヤトと連絡が取れないから心配していた。あちこち探し回って、ようやく見つけた。心配してた」

「連絡？　連絡なんて入ってたっけ」

ハヤトはスマホを取り出してＬＩＮＥを開くと、そこにはミュートにしているシオリからの連絡が八百件以上溜まっていた。

《来てたな、連絡》

（…………）

ハヤトは無言でトーク履歴を削除。

「悪い。最近、スマホの調子が悪くてさ」

「そう？　それなら仕方ない。今度からハヤトの家に行く」

「来るんじゃない。それで、今日は何の用だ」

「一緒に攻略しようと思って」

「うん？」

「ハヤトが37階層の攻略をしたがってると思って、誘いに来た」

「ふむ」

ハヤトは息を吐き出す。

頭の中にあるのは先ほどまで見ていた37階層の攻略情報。その公開されている情報のほとんどがシオリのものだった。だとすれば彼女と共に攻略することは、大きなアドバンテージになる。そんなことはよく分かってる。

けれどシオリと共に攻略するのはなんか嫌だな……と、そこまで考えたところで、ゆるやかに自分の思考を否定した。弟子たちに『使えるものは何でも使え』と教えたのは自分だ。

攻略するまで残り時間が少ないのであれば、優れた探索者たちの力を借りるのは必然じゃないのか。

そこに自分のプライドを持ち込むのは、間違いだ。

《珍しいな、お前がそんなことを考えるなんて》

（シオリは性格に目を瞑れば優秀な探索者だからな）

《……性格は？》

（この際考えないものとするッ！）

というわけで、ハヤトはシオリの手を引いた。

「じゃあ、一緒に潜るか」

「大丈夫。ハヤトが何を言っても……え？」

「だから、潜るんだろ？　早く行くぞ」

「……は、ハヤトが強引」

シオリはハヤトを全く拒否することなく、ただ手を引かれるがままに付き従う。

そんなハヤトとシオリの姿を意外そうに見ている咲に見送られながら、ハヤトたちは37階層へと飛んだ。

飛んだ瞬間、身体の底から震えるような寒さが襲いかかってきた。

「ぽ、ポーション！　『極地対応』ポーション飲まないとッ！」

「はい、これ」

「助かるッ！」

ハヤトはシオリから受け取ったポーションを一気に飲み干す。

その瞬間、身体の周囲に突如として見えない壁でも出現したかのように寒さが薄らいだ。

そして、腹の底から湧き上がってくる熱。

大きくため息をつくと、ハヤトは完全に凍りついた階層の入り口を見渡した。

「攻略するのにポーション必須か。面倒な階層だな」

「それだけじゃない。一時間に一回、猛烈な吹雪になる。吹雪いたときの気温は最低でマイナス60度から、70度。凍傷にかかるのは避けられないから、治癒ポーションも必須」

37階層は『極地』エリアと呼ばれている階層である。

その名が示すように、37階層の平均気温はマイナス20度。全てが凍てついた真っ白な世界の中で襲いかかるモンスターを退けながら、戦っていかなければならないのだ。

「階層主部屋の場所とか見当は付いているのか？」

「ううん。全然。それを探すのは、これから」

「なるほどな」

ハヤトはうなずきながら、37階層に繋がる扉を押し開いた。

ごご、と音を立てて扉が開いた瞬間、さらに体感温度がぐっと下がった。

極地対応ポーションを飲んでいなければ、空気を吸い込むだけで鼻孔や気道、さらには肺が凍てついてしまい、呼吸困難で死んでしまっていただろう。

そんな想像が現実味を帯びてくるほどに、寒い。

そして、完全に扉が開くとそこに広がっていたのは一面の銀世界。そして、それを台無しにするかのような曇天。

モンスターだけではなく自然の脅威という形で牙を剥いてきたダンジョンに、二人は同時に足を踏み入れた。

「ねぇ、ハヤト。知ってる？」

「どうした急に」

「寒さで気絶しそうになる時は、寝袋の中で裸になって抱き合うのが……良い、らしい」

「なんだよその情報。誰が言ってたんだ？」

「ネットに書いてあった」

「ネットなんて信じんな。そんなの火ィ起こして温めればいいだろ」

「駄目。凍傷になったときに火を使うと、危険」

「何が危険なんだ？」

「感覚が死んでるから火傷するかも知れないし、凍りついた組織が溶けて、もう一度凍りかねない。そんなことになればとても危険」

「え、そうなの？」

先ほどの『裸で暖め合う』よりはマトモな情報が出てきて食いついたハヤトに、シオリは静かに頷いた。

「そう。だから裸で抱き合うべき」

「でもその理屈はおかしいだろ」

ちなみにだが、ダンジョン内で最も効率的な凍傷の手当は患部を切り落として、Ｌｖ３以上の治癒ポーションを飲むことである。それだけで新鮮な指が傷口から「こんにちは」だ。

「そもそも、いざとなれば『転移の宝珠』を使えば……」

ハヤトはそこまで言いかけて、視界の端に引っかかった『何か』に視線を飛ばした。

いま、雪以外に動くものがあったような……。

そうハヤトが目を凝らした瞬間、
ドバッ！　と、雪の中から巨大な一匹のウサギが跳躍した！

ウサギの体長は二メートルほど。

極地の中で適応するべく巨大化し、雪に溶け込むような真っ白な体毛を持っているそのモンスターの名前は『ジャイアント・スノーラビット』。

モンスターはハヤトの目前で着地を挟むと、両脚を活かした無尽の脚力でゼロ距離加速。

「……ッ！」

反射的にハヤトはバックステップを挟んで、距離を稼ぐ。

だが、ロケットのように加速したジャイアント・スノーラビットはハヤトを追撃。絶対に逃さないという意思を見せるようにその牙を煌めかせたッ！

〝【紫電一閃】【心眼】【氷姫の加護】をインストールします〟

〝インストール完了〟

【スキルインストール】がハヤトの身体に入れたのは、極地での戦闘を大きくカバーしてくれる強力無比なスキルたち。同時にハヤトは手元に短槍を生成。

後ろに跳んだハヤトは、地面に着地すると同時に重心を前方に持っていく。抱えてた槍に紫電が弾ける。

「貫けッ！」

ハヤトが吠えると同時に【紫電一閃】が発動。

【氷姫の加護】の力により、攻撃力の跳ね上がった一撃だったが、ジャイアント・スノーラビットの分厚い脂肪と体毛に弾かれる。

「……ッ！」

ガッ、とハヤトの両手に返ってきたのは、まるで金属塊を殴りつけたような重たい感触。とてもじゃないが、生き物を殴った感触とは思えない。だが、それは別に初めての経験では無いのだ。

毎日殴り合っている咲桜の方が、よっぽど生物離れしている。

ハヤトは反転。ジャイアント・スノーラビットの急所を狙おうとした瞬間に、ザク、と雪を大きく踏み込む音が彼の耳を打った。

「ハヤトがせっかく攻撃したんだから」

シオリが前に出る。刀が抜かれる。

音も無く、居合が放たれる。

「死ぬべき」

次の瞬間、ハヤトの穿った傷口を上書きするように斬撃が通り抜けた。

バズッッッツ！

遅れて、肉が断たれる音と共にモンスターは絶命。

黒い霧になって消えていく。そして、ドロップしたのは、ハヤトの両手を合わせた分くらいの肉塊だった。

ジャイアント・スノーラビットの肉は、高タンパクで低脂質。食べればどんな疲労も吹き飛ばし、筋肉痛も治してしまう滋養強壮の肉だ。

そんなことは知らないが、見た目が美味しそうだったのでハヤトは一言。

「美味そうな肉だな」

「これで、料理してあげる。ハヤトのために」

「え、いや別に良いよ」

シオリの提案に首を振って答えると、ハヤトたちはアイテムをしまい込んだ。

そして氷の大地を踏破しようとしたその瞬間、彼らの両耳に届いたのは探索者証から鳴り響いた警告音だった。

「……何だ」

「緊急、事態……？」

ハヤトとシオリが二人して、唐突に鳴り響いた警告音に眉をひそめた。

その音を聞いたハヤトの背筋に冷たいものが走る。なにしろ、ハヤトはその音を一度聞いたことがあったからだ。

それは忘れもしない一ヶ月前、24階層に足を踏みいれた瞬間に鳴り響いたあの音である。

前線攻略者（フロントランナー）を赤子の手をひねるように殺しまくったモンスターの出現を警告する音。

ハヤトは素早（すばや）く探索者証（ライセンス）を触（さわ）って、通信を繋げた。電波の届かない場所でも、双方（そうほう）の結晶（けっしょう）が共振（きょうしん）することで会話を行える『双電晶（そうでんしょう）』を使った通信だ。

「ハヤトさん、シオリさん！　聞こえますか！」

「何があったんですか、咲さん」

ざ、ざざ……と、ノイズが激しく、声が聞きづらい。

だが、間違いなく喋（しゃべ）っているのは咲だった。

「ま、街でモンスターが暴れてるんですッ！　いま他の探索者たちが対処に当たってますがモンスターが強すぎて、中域攻略者（ミドルランナー）では太刀（たち）打ちできずにッ！　今すぐ、ギルドに……ッ！」

ブツ、と乾（かわ）いた音が響いた。それっきり、探索者証（ライセンス）からの音が消えた。

咲の声が全く聞こえなくなった。ふらり、とハヤトの視界が急に狭（せま）くなった。

なんだ？　咲さんは今、なんて言ったんだ……？

街でモンスターが暴れていると、そう言ったのか？

顔を青くしたハヤトがシオリを見ると、彼女の顔にも明らかな困惑（こんわく）が見えた。

ダンジョンと、この世界は『転移の間』を通して繋がっている別空間だ。地続きになっていない以上、ダンジョンからモンスターが溢れ出すなんてことあるはずがない。ない、はずなのに……ッ！

ハヤトは素早くポーチから『転移の宝珠』を取り出して叫んだ。

「シオリ！　戻るぞ！」

「分かってる」

ビー玉くらいの大きさである『転移の宝珠』を握りしめたハヤトの余った手を、シオリが握る。

そして、パッ！　と二人の視界に光が爆ぜると、気がつけばギルドのカウンター近くに立っていた。

そして素早く索敵。窓ガラスが割れており、周囲には人がいない。停電しているのか、電気が消えているのか、昼間だというのにギルドの中は異様に暗い。

「……咲さんは？」

ハヤトはそう言いながら周囲を見回す。人がいない。そう、誰もいない。

探索者も、ギルドの職員も、ギルドに様々なものを卸している業者もいない。

その光景をハヤトが飲み込もうとした瞬間、真横から飛んできた銀色の剛体によって殴り飛ばされた。

「……ッ⁉」

吹き飛んだハヤトは地面を転がりながら受け身を取って、跳ね起きる。

〝【打撃強化】【狂宴の重撃】【身体強化Lv5】をインストールします〟

〝インストール完了〟

【スキルインストール】の声を聞きながら飛び起きたハヤトが見たのは、鉛色のスライムだった。

「……何だこいつ」

確かに形はスライムに似ている。けれど、スライムと違うのはその大きさだろう。うようよと蠢いているから正確に大きさを測るのは難しいが、三メートルくらいはありそうだ。そんな巨大なスライムがギルドの中に二匹いた。

「どうして、他の探索者が、いないの……？」

シオリの当惑の声。

ハヤトの中でも困惑が勝っているが、ダンジョンの外にモンスターがいるという現実くらいは呑み込めた。

「訳分かんねぇけど……やるぞ。合わせろ、シオリ」

「……分かった」

次の瞬間、ハヤトが生み出したのは大槌。いつもだったらダンジョン外ということで、スキルの使用は気後れしてしまうが、そんなことを言っている場合ではない。

地面を踏み込んで加速したハヤトが振るった大槌が鉛色のスライムを大きく打ち付けた。

ガァンッッツ！！！

しかし、周囲に響いたのはスライムのような軟体モンスターを殴ったとは思えないほどの甲高い音。そして、ハヤトの手に伝わってくるビリビリとした衝撃。

……硬いッ！

想像していた以上の反動にハヤトは眉をひそめる。

だが、ハヤトはそれで止まらない。さらに大きく踏み込んで、大槌を振り抜いた。どぷん、とハヤトの一撃を喰らったスライムの身体が水風船のように震える。そして、爆発！

弾性限界を超えたスライムの身体が砕け散ったッ！

その瞬間、スライムの中から二人の人間が飛び出した。片方は知らない顔だが、もう一人の女性は知っている。

「咲さん!?」

「げほ……ッ！」

間違いなく巨大なスライムから吐き出されたのは、先ほどまで会話していた咲。彼女はスライムから吐き出されると同時に激しく咳（せ）き込む。

そして、口からはスライムの身体と思われる鉛色の液体を吐き出した。

「シオリッ！　咲さんと、その探索者をッ！」

「ん」

彼女はハヤトが大槌を手元に生み出したことに対して何かを聞きたそうにしていたが、説明している時間もないと判断したハヤトは、飛び散った身体を寄せ集めて再生している鉛色のスライムに向き直る。

（どういうことだ。どうして、外にモンスターが出てくるんだッ！）

《……咲桜と話していただろう》

ヘキサが苦々しい顔で、言葉を吐き出す。

《ダンジョンは攻略を急ぎすぎると、それを戒（いまし）めるために『抑止者』を送（おく）り込む。それが、これだ》

（馬鹿言えッ！　それは『招かれざる来訪者（イレギュラー・エンカウンター）』だろッ！　ダンジョン内に出てくるはずで……ッ！）

《違うッ！　『抑止者』はダンジョン内で完結しないんだ！》

ヘキサの悲痛な声が響く。

《ダンジョンは飴(あめ)と鞭(むち)を使いこなす。飴がダンジョン外への利益なんだッ！　なら鞭が、ダンジョンの鞭がダンジョンだけで完結しないのは必然だッ！》

ヘキサの言葉に、ハヤトは歯噛(はが)みした。

……確かにそうだ。ヘキサの言う通りじゃないか。

ダンジョンから産出したアイテムを『外』に持ち帰り、金を稼いだのはハヤトたち探索者だ。ダンジョンからもたらされた利益を享受(きょうじゅ)していたのはダンジョンの外だ。だとすれば、ダンジョンからの鞭がダンジョンだけで終わってしまうと考えるのは……あまりに、お花畑が過ぎている。

「はァッ！」

しかし、今は思考を走らせている場合ではない。

ハヤトは大きく吠えると地面を蹴(け)って、先ほどと同じようにスライムを撃(う)ち抜いた。その瞬間、先ほどと同じように探索者がスライムの身体から飛び出してくる。

……こいつら、探索者を喰ってやがる。

その生理的嫌悪感(けんおかん)を腹の底まで飲み込んで、再びハヤトの一撃。

撃力(げきりょく)を高めた一撃でスライムの身体が裂(さ)けた瞬間、その中に一人の気を失っている人間がいた。

攻略クラン『ヴィクトリア』の制服。若い男。その右腕には、『オークション』に出品されていた銀色のリング。『アイテムボックス』だ。

「……ッ！」

どこかで見覚えのある顔にハヤトの目が細められる。次の瞬間、電撃のような閃きとともに目の前にいる探索者の顔を思い出した。

（そうだ。この人、オークション会場で話しかけてきた人だッ！）

ハヤトに救われたと礼を言ってきた兄妹の一人。

助け出そうとスライムの中にいる探索者に向かって手を伸ばしたが、目の前の探索者は弾きだされることなくスライムの中に再び飲まれた。

再び大槌を振るうものの、スライムは大きく身体を揺らすだけ。わずかに身体を飛び散らせて小さくなったりはするが、それもすぐに元の身体に戻ってしまう。

どれだけやっても死なない。殺せない。

「こいつ、どうやって倒せば良いんだ……ッ！」

《核だ！　ハヤト。こいつらがスライム系なら、核を壊せば死ぬッ！》

（核つったって、どこにあるんだよ！）

《『アイテムボックス』だッ！　お前も見ただろう！　中の探索者が身につけている『アイテムボックス』が起点だ！》

（『アイテムボックス』って……）

その言葉を聞いた瞬間、桃髪の探索者が脳裏をよぎる。確かの彼女も『アイテムボックス』を持っていたはずだ。

ハヤトの中に焦りが生まれた瞬間、鉛色のスライムから触手が三本伸びた。

反射的に後方に跳ぶ。それがハヤトの生死を分けた。

ズドドドッ！！！！

耳に響く工事現場のような轟音と衝撃。スライムの触手を用いた六連撃は、ギルドの床を粉微塵に破壊すると、弾痕のような傷跡を地面に残す。

「クソッ！」

大きく息を吐き出して、ハヤトは前方へと飛び込む。持っている槌を大きく握りしめると、スキルを発動。

「叩き潰れろッ！」

ドドドドドッッツツ!!

【狂騒なる重撃】の上位スキルである【狂宴の重撃】が発動。吠えたハヤトに応えるように、鉛色のスライムを木っ端微塵に吹き飛ばすッ！

その瞬間、再び中心にいた探索者が姿を見せる。

ハヤトはその右腕に装着されている『アイテムボックス』に向かって、【武器創造】で生み出したナイフを投擲。

ガッ、と金属同士が激突する甲高い音が響くと、『アイテムボックス』が破壊された。

次の瞬間、飛び散った鉛色のスライムが黒い霧になって消えていく。

「次だッ！」

それを確認したハヤトが地面を蹴る。大槌を構えて二匹目のスライムに向かって振り下ろすと、その巨体に似合わぬ素早さでスライムはハヤトの攻撃を回避。

空を切ったハヤトの大槌が地面に触れた瞬間、轟音と衝撃が飛び散った。

《ハヤト！》

（分かってる……ッ！）

瞬間、真横から伸びてきた鉛色の触手は大きく上体を捻って回避。スライムの一撃はカウンターに直撃すると、電子端末を貫通して壁に大きな穴を開けた。

その触手に向かってハヤトが大槌を叩きつけると、ぶつ、と重たい音を立てて触手がちぎれる。ちぎれたスライムが本体に戻ろうとする。それよりも先にハヤトが駆ける。スライムが避けられないほどに近づくと、ハヤトは大槌を振り下ろした。

ドゴッ！　と、鉄筋コンクリートの壁を殴ったような音が響いて、スライムの身体が飛び散る。その瞬間、探索者が六人吐き出される。

そして、その中心には、

（こっちもかよ……ッ！）

そこにいたのは、先ほど救出したばかりの男性探索者の双子の妹だった。

そして、彼女の左腕には『アイテムボックス』が装着されている。

「ふッ！」

流石に二度目だ。これ以上、手こずることもない。

ハヤトの投擲したナイフが『アイテムボックス』を破壊すると、鉛色のスライムが黒い霧になった。その瞬間に、スライムの中に飲み込まれていた探索者たちが吐き出される。

大きく咳き込んで鉛色のスライムを吐き出す人間と、息をしていない人間の両極端に別れた。

「お、おいおい。嘘だろ……？」

ハヤトは少し焦った表情で、息をしていない探索者に駆け寄ろうとした瞬間、

「……ハヤト、後ろ！」

シオリの叫び声と共に、死角から飛び出してきた鉛色のスライムに右腕を飲み込まれた。

それは最初の索敵に引っかからなかった三匹目。

機を窺(うかが)い、ハヤトが油断するその一瞬(いっしゅん)を待ち続けていた狩人(かりゅうど)だ。

《ハヤトッ！》

（大丈夫だ……ッ！）

ヘキサに応じるハヤトだが、その顔色は優れない。

というのも、スライムの身体に信じられない力で飲み込まれているのだ。今は何とか両脚で踏ん張ることで耐(た)えているが、それはハヤトが前線攻略者(フロントランナー)ゆえ。

もし筋力値(ＳＴＲ)の数値が一つでも小さければ、すぐに飲み込まれてしまっていただろう。そう考えると死の恐怖(きょうふ)がハヤトの最奥(さいおう)で鎌首(かまくび)をもたげる。

「ハヤト、いま助ける……っ！」

「いや、来なくて良い。それより他の探索者を起こしてくれ、シオリッ！」

「でも、腕が……っ」

「これで良い。これが良いんだ」

ハヤトのその答えに、果たしてシオリは気がついただろうか。

彼がスライムに飲まれないように身体を捻(ねじ)りながら、その両脚がもっとも適する位置を探していたことに気がついただろうか。それとも、その全てが偶然だと思っているのだろうか。しかし、それは必然だ。

ハヤトはそれを待っていたのだから。

息を吐く。位置は良い。両脚は全力を出せる位置に踏ん張っている。

ならば、撃とう。

「──『星穿ち』」

キュドッッッツツツツ！！！！！

刹那、轟いたのはスライムが木っ端微塵に砕け散る轟音！

ハヤトの真正面にあった鉛色のスライムが吹き飛んで、飲み込んでいた探索者の全てを吐き出した！　どば、と十数人がまとめてスライムから吐き出されると地面に転がる。

核となっていた探索者の腕にあった『アイテムボックス』はハヤトの一撃で砕け、鉛色のスライムが黒い霧になっていく。

そして、地面に落ちた探索者を見る。ユイではない。

「……っ。肩、外れた」

そして、こちらも未完成。

ハヤトは痛みに顔をしかめると、外れた自分の右腕をはめ直した。そして、今度こそギルドにいた全てのモンスターを倒したことを確認すると、横になっている咲と彼女を介抱しているシオリの元に駆け寄った。

「大丈夫ですか、咲さん」

「……ハヤトさん。ありがとう、ございます」

そう言って微かに笑う咲だが、その笑顔はあまりに力ない。

顔色も悪く、さっき吐いた鉛色の液体の正体も心配だ。

「何が起きたんですか、状況は？」

「突然、何人かの探索者さんの右腕が光ったと思うと……全員が、急にスライムになりました。さっきハヤトさんが倒したやつです。それで、ギルドにいた他の探索者さんが倒そうとしたんですが、それが通じず、飲まれてしまって……どんどん、大きくなって」

しかし咲は先ほどまで飲み込まれていたとは思えないほど冷静に状況を説明してくれた。

そして、その言葉に思わずハヤトは歯噛みする。

前線探索者として他よりも優れた『ステータス』を持っている自分ですら、飲まれそうになったのだ。中域探索者以下では対処も出来ずに飲まれてしまうだろう。

「あれは、『アイテムボックス』が光ったように見えました。だとすれば、他の探索者の方も……きっと……」

咲の言葉に、ハヤトは勢いよくシオリを見た。

「シオリ。オークション会場で落札された『アイテムボックス』の数を覚えてるか？」

「……全部で、七個」

彼女の記憶に間違いはない。だとすれば、それが真実なのだろう。

そして、その内の一つをユイが持っている。

「咲さん。他の探索者は？　ダンジョンの中にいますか？」

「……いえ。本日は、まだ外に、いらっしゃる、はずです」

言葉を単語で区切りながら、咲が答える。

だとすれば、もし『アイテムボックス』の所有者がモンスターに飲まれたというのであれば、ユイは……ッ！

ハヤトは自分を無理やり落ち着かせるように深呼吸を挟むと、シオリに告げた。

「……シオリはギルドを守ってくれ。俺は外に出る」

「分かった」

全てを言わなくても、シオリは頷いてくれた。

こういう時に、彼女とはコミュニケーションに時間がかからなくて良い。

ハヤトはシオリに後を任せて、ギルドから飛び出した。

飛び出した瞬間、ヘキサが素早く問いかけた。

《どこに向かうつもりだ、ハヤト》

(……ユイを捜す。捜しながら、澪たちを安全な場所に避難させる)

いまハヤトに考えられる最善がそれだった。

もしユイが『アイテムボックス』を外していたらモンスターにはなっていないだろう。

だが、澪やロロナ、そしてエリナは鉛色のスライムを前にして戦えない。

だとすれば、ハヤトが彼女たちを守らなければならないのだ。

普段なら自転車を漕いで帰る道のりを走って抜ける。車通りの多い道沿いは昼間だというのにありえないほどの渋滞を引き起こしていた。

そして、ハヤトが視線を道路の先に飛ばすと——やはり、いた。

車を飲み込みながら肥大化し続ける鉛色をしたスライムが。

(でかいな……ッ!)

《周りの物を飲み込んで肥大化しているのか。飲み込むのは人だけじゃない……?》

その大きさはギルドにいた奴と比べて何倍になるだろうか。二、いや三倍はある。三階建ての建物に匹敵しそうなほどに巨大なスライムと交戦しているのは四人の探索者。

いずれもハヤトは見たことがない顔だ。恐らく、中域探索者。

「クソ、こいつ強いぞッ！」

「ギルドに行け！　そこで前線探索者を探すんだ！」

今まさに車を飲み込もうとしているスライムに向かって、探索者が業火を放つ。

それは『ファイア・ランス』。【火属性魔法Ｌｖ２】から使える中位の魔法だが、スライムは身体をぶるりと震わせただけでそれを耐えた。

「逃げろ！　俺たちじゃ足止めにもなんねぇ！」

「の、飲まれるぞ！　逃げろ！」

やはり、中域探索者では足止めにもならない。

そう思ったのはハヤトだけではなかった。今まさに戦っていた探索者たちも同じことを口にしながら、スライムから距離を取る。だが、スライムは飲み込んだはずの自動車を吐き出して、逃げていた探索者を背後から吹き飛ばした。

「……ぐはっ！」

　数トンはある自動車を背後から食らって吹き飛んだ探索者が悲鳴とともにもがいた。ちらりと見れば自動車の下からその探索者は手を伸ばして助けを求めていた。自動車の下敷きになってまだ息があるのは、流石探索者と言うべきだが車を撥ね退けられるほどの余力は残されていないようで、その探索者を助けるべく仲間たちが駆け寄っているのが見えた。

しかし、その探索者に向かってスライムが飛んだ。そして、押しつぶした。車の下敷きになった仲間を助けようとして、瓦礫となった自動車を持ち上げようとしていた仲間ごと。

「……クソッ！」

ハヤトは毒づいて、加速。

その光景を見て黙ってその場から立ち去れるほど、天原ハヤトは賢くない。

「——秘技」

足が地面を捉える。【武器創造】によって生み出された篭手が右手を覆う。

『縮地』によってハヤトの身体が加速する。加速する。加速して、音を置き去りにする。腕の皮膚が裂けて、血が舞い、しかしハヤトの速さ故に、尾となって世界を彩る。

「『星走り』」

刹那、世界から音が消えた。

ドウッッッツツツツ！！！！！！

遅れて、スライムの爆ぜる轟音が鳴り響いた。

鉛色のスライムが跡形も残らないほどに砕け散り、飲み込んでいた全ての人間と物体を吐き出した。飲み込んでいた人の数はぱっと見で二、三十人はいる。そして、最後に核となった探索者が地面に倒れこむ。

やはり同じように右腕には『アイテムボックス』の腕輪（うでわ）がある。

ハヤトはそれを生み出した槍で砕くと、周囲に飛びちった鉛色のスライムの身体が黒い霧になって消えていく。

核となっていた探索者は男。ユイではない。

「……あ、あんた。知ってるぞ。Ａランク探索者の……」

先ほど飲まれたばかりの探索者が身体を起こす。

「これは……どういう状況だ？」

目を白黒とさせているのは状況がまだ呑（の）み込めていないからだろう。だが、全てを説明できない。

「いま、全部を説明している時間がない。だから、ここにいる全員を起こせ。起こしたら『ギルド』に行くんだ。そしたら、シオリ……藍原（あいはら）シオリがいる。あいつなら、全員を守れる」

「……そうか。け、『剣姫（けんひめ）』がいるのか。分かった。そうする！」

こくこくと壊（こわ）れた赤べこのように頷く探索者を尻目（しりめ）に、ハヤトは折れた右腕を庇（かば）うようにして治癒（ちゆ）ポーションを飲んだ。

（……これで残り三匹か）

《スライムだけで済めばいいがな》

（嫌なこと言いやがる）

《常に最悪を想定しておけと言っているんだ》

だが、それはヘキサの言う通りだ。

ただスライムを倒すだけでこの状況が片付くと考えるのは、楽観的に過ぎるだろう。最悪を想定というのはつまり他のモンスターもこの場にあふれかえる可能性があるということで。

くそ、と内心で毒づいたハヤトの目に映ったのは歩行者信号が今まさに赤に変わる瞬間だった。

（マジかよ。こんなタイミングで……ッ！）

《お、おい。止まるんじゃないだろうな？》

（馬鹿言えッ！　こんな状況で止まってられるか！）

彼の遵法精神を心配したヘキサの言葉に、ハヤトは返す。

（でも信号無視はしない）

《じゃあどうするんだ》

（跳び越えるッ！）

言うが早いか、ハヤトは跳躍。

前線攻略者の身体能力に任せた力任せの跳躍により、ぐんと視界が後方に流れるとそのまま勢いに任せて道の向かいにある民家の屋根に着地した。

「このまま屋根を突っ切ったほうが早いッ！」

《そ、それはアリなのか!?　お前の中でッ！》

「セーフだ！」

《わ、私には分からん。お前の中の基準が……》

屋根を走るハヤトが見たのは街で暴れる三匹のスライムだった。

いるのは駅前、駅近くの雑貨屋、そして武器屋の近く。幸いにして、ハヤトの家の近くにはいない。だが、その雑貨屋の近くには澪の家がある。

ハヤトは屋根を走りながらスマホを開くと、トーク画面の一番上にいるエリナに向かって通話開始。

彼女はわずか1コールで電話にでた。

「どうされました？　ご主人様」

「エリナ、俺だッ！　今どこにいる！」

「い、家ですけど……」

「今すぐにその場から逃げろ！　『ギルド』に向かうんだ！」

「わ、分かりました。何かあったんですか⁉」

「街でモンスターが暴れてる！　『ギルド』にはシオリを待たせてる。あいつなら、モンスター相手に対処できる！　俺はこれから澪とロロナを迎えに行く！　俺も後で必ず行くから、ギルドで待ってろッ！」

「モンスターが……⁉　分かりました！　今すぐ行きます！」

エリナがそう言ったのを確認してから、ハヤトは通話を切った。

彼女がハヤトの指示を無視することはありえない。それに、家から『ギルド』まではモンスターがいないのは確認済みだ。シオリにエリナの守護を押し付けてしまうことになるが、それだって彼女が『世界探索者ランキング』日本二位であることを考えれば、無理難題とは思わない。

屋根を蹴る。家と家の隙間を跳ぶ。

まるでやっていることはパルクール……というよりも、忍者に近い。

「……無事でいてくれよ、ロロナ」

ハヤトがそう言った瞬間、雑貨屋近くにいた巨大なスライムが大きく跳ねたのが見えた。

ぴょん、と跳ねて家を飲んだ。

飲み込めるほどに、スライムは大きくなっていた。

ズン……ッ！　と、巨大なスライムが地面に落ちた衝撃が、まるで地震のように走り抜ける。

そして、そのまま鉛色のスライムがごろりと転がると、そこには家の基礎だけが残った。

人工物を飲み込んだスライムはぶるりと震えると、二回りほど巨大化する。

「む、無茶苦茶だ……ッ！」

目の前で繰り広げた傍若無人な行いに、ハヤトは吠えた。

これがダンジョンによる鞭なのであれば、24階層で対敵した『禁忌の牛頭鬼』はどれだけ可愛かったのだろう。あのモンスターは探索者の命を奪ったけれど、それは探索者というダンジョンで死ぬことを覚悟している者たちだった。

こんな意味もなく、外にいる人間を飲み込んでいくような無機質なモンスターではなかった。

巨大化したことで十三メートルほどの巨体になったスライムは、一番近くにある大きな建物、集合住宅へと自身の向きを変えた。

「……まずい」

ハヤトの口から声が漏れる。

間違いなく自分がスライムにたどり着くよりも、スライムが集合住宅を飲み込む方が早いと理解している。理解しているからこそ、震えた声色になる。

「やめろ……ッ！」

その集合住宅は、澪の家だ。

きっと家主である澪は中学校で授業を受けているだろう。

だから彼女は問題ない。

けれど、そこにはもう一人の住人がいる。ハヤトの弟子の少女がいる。

「やめろォッ！」

ハヤトの足が屋根を蹴って跳ぶのと、スライムが集合住宅を飲み込むのは同時だった。

〝【空中歩行】【撃力強化】【発勁】をインストールします〟

〝インストール完了〟

【スキルインストール】の声が脳内で響く。

次の瞬間、空中に飛び出したハヤトの両脚が空中を捉えた。そして、宙を舞う。

「……おォッ！」

ハヤトは叫ぶと同時に大槌を生み出すと、鉛色のスライムに向かって振り下ろした。【撃力強化】と【発勁】により、一切のエネルギー消失を発生させることなく、スライムの身体にハヤトの武器が埋まりこむ。

だが、身体が大きすぎるが故に一撃で核まで到達できない。

スライムの身体が一部飛び散って、先ほど飲み込んだ家の瓦礫と八人の人間を吐き出した。だが、吐き出された探索者の中にロロナはいない。

「くそッ！」

落下していくハヤトは空中を蹴って、再度勢いを増す。そして、スライムを叩きつける。

その瞬間、再びスライムの身体が飛び散るが——ダメだ。巨大すぎる。ハヤトの視界いっぱいに鉛色が広がった瞬間、

〝全スキルを排出〟

〝【心眼】【貫通力強化Ｌｖ５】【哀絶なる穿孔】をインストールします〟

〝インストール完了〟

ハヤトの視界が切り替わった。

まるで色彩が反転したかのように世界が暗くなると、その目に見えたのは淡く発光する輪郭を灯した人型。

そして、その腕が一際強く発光している。【心眼】スキルは弱点看破のスキル。ならば

その発光部分は、

「そこかッ！」

【空中歩行】を失ったことにより落下していくハヤトの右手に槍が生み出される。そして、落下しながら上半身を大きく絞ると、

「――貫けッ！」

ドブッ！

ハヤトの腕に返ってきた手応えは、まるでヘドロに片腕をつっこんだような柔らかさを纏った気持ちの悪い感触。

【貫通力強化Lv5】と【哀絶なる穿孔】の同時使用により、円錐状にスライムの身体を貫くと、ハヤトの穂先が『アイテムボックス』を砕いた。刹那、その巨体が黒い霧になると同時に飲み込んでいた全てが吐き出される。

人間、自動車、自動販売機、家、そして集合住宅。

それらが乱雑に落下し、ガラスが砕け、混沌が溢れる。

そのどれにも目をくれず、ハヤトはスライムから吐き出されたことにより、斜めになった集合住宅の『303』と記された部屋のドアをぶち抜いて、飛び込んだ。

「ロロナッ！　いるか!?」

中に入ったハヤトが見たのは、まるで台風でも暴れていたかのように散らかっている部屋だった。心の中で澪に『悪い』と謝ると、土足で部屋の中に入る。

「ロロナ、いるか？　いたら返事してくれ！」

そう言いながらキッチンを抜け、前にユイも含めて四人で食事会をした部屋に入る。入ると、その中でロロナが倒れていた。

「……ッ！」

素早く駆け寄って、身体を起こす。呼吸を確認する。

……まずい、息をしていない。

慌てて胸に手をあてる。不幸中の幸いか。ロロナの心臓は動いている。

ハヤトは素早く彼女の気道を確保して、大きく息を吸い込むとその口に空気を送り込んだ。探索者であれば誰でも講習で習う心肺蘇生法。

それを数度繰り返した瞬間、ロロナは咲と同じように口の中から液体を吐き出した。ハヤトの防具が鉛色の液体で汚れる。けれど、それを気にしている場合じゃない。

「ロロナ、無事か。大丈夫か？」

「は、やと……。なんで、ここに……」

「……悪い。移動しながら説明する」

ハヤトは倒れたロロナを抱きかかえると、そのまま外に出た。

外に出ると、街は阿鼻叫喚の地獄になっていた。

家という家からは人が飛び出して、とにかくスライムがいない方へと逃げ続ける人で溢れ返っている。

その光景を初めてみたロロナは唖然とした様子で、声を漏らした。

「……なに、これ。どう、なってるの……？」

「外にモンスターが出てきたんだ。それが人とか物とかとにかく色々飲み込んで、デカくなっている。ロロナもそれに飲まれたんだ。覚えてるか？」

ハヤトの言葉に、ロロナは力なくふるふると首を横に振った。

「……覚えて、ない。急に目の前が、真っ暗になって……それで」

「無理して喋らなくても良い。これから澪を迎えに行く。少し揺れるけど、我慢してくれ」

なるべくロロナの負担にならないように、ハヤトはロロナを抱えたまま斜めになった集合住宅を後にする。

瓦礫だらけのアスファルトを踏みしめて、澪の通っている中学校に向かおうとした瞬間
……ひっくり返った黒い車の中から這い出した少女と目があった。

「あれ、ハヤちゃんじゃん。どしたの、こんなところで？」

「つ、ツバキ……ッ⁉」

車の中から這い出てきたのは、ここにいるはずのない少女。

左腕はあらぬ方向に曲がり、額からは血を流しているというのに普段と全く変わらない笑顔でツバキはハヤトに手を振った。

「な、何でお前ここにいるんだ！」

「何って新店舗の視察に来たら帰る途中に目の前が真っ暗になっちゃってさ。あれ？　なんか私の腕、おかしくなってない？」

「お、折れてんだよ！　早くポーション飲め！」

恐らくだが身体の痛みを抑えるために脳がアドレナリンを出しているのだろう。

戦闘中、過度に集中したときに痛みを忘れることに覚えのあるハヤトはポーチから治癒ポーションを取り出して、ツバキに渡した。

彼女がそれを飲むと、すっと頭の流血が止まる。そして、腕がゆっくりと元の位置に戻っていく。相変わらず、恐ろしい効果だ。

ツバキは瓶から口を離すと、まっすぐロロナを指差した。

「ありがと、ハヤちゃん。それで、その子誰？」

「俺の弟子だ。そんなことより、ツバキ。歩けるか？　歩けるなら、『ギルド』に……」

そう言った瞬間、駅前の方で巨大な火柱が上がった。

そしてその火柱を起点に、無数の魔法が巨大なスライムに向かって放たれはじめた。炎が、氷が、水が、雷が、一斉に暴れだす。あれだけ統率された動きは、訓練された者たちだろう。最初の火柱から考えるに、恐らくは『ヴィクトリア』。それが本格参戦したのだ。

そして、攻略クランの戦闘合図とともに、街の悲鳴は加速した。

この状況でツバキを一人で歩かせるのは危険だ。

「いや。一緒に来い、ツバキ」

「なんとも情熱的だね、ハヤちゃん」

こんな状況なら自分と一緒にいる方がまだ安全だ。少なくともハヤトはそう判断して、ツバキを誘った。

当のツバキはふざけながらも巨大なスライムと街の混乱を見ながら、頷いた。

「うーん。ふざけてる場合じゃなさそうだね。今はハヤちゃんと一緒にいるのが一番安全かも。それで、ハヤちゃんの行くあてはあるの？」

「これから弟子の通ってる中学校に向かう。そこで弟子を拾って、ギルドに行く。そこが多分……安全だ」

ハヤトはロロナを抱えたまま、ツバキと一緒に歩き出した。

ツバキも「すぐにギルドに行きたい」なんて我がままを言わずに、ハヤトの後を追いかける。

「街の様子見ると結構ヤバそうなんだけど他の探索者はどうしてるの？」

「……分からん。戦ってるとは思うが、あのスライムは強いから前線攻略者じゃないと、倒せないんだ。もしかしたら、逃げてるかもな」

「そんなに強いの？」

「あぁ、強い。何でもかんでも飲み込んで、どんどん大きくなっていくんだ」

「藍原ちゃんは？　藍原ちゃんなら倒せるんじゃないの？」

「『ギルド』だ。今はそこで戦えない人たちを守ってもらってる」

「そういうことね。うん。それが良いよ。適任だね」

こんな状況だというのに、ツバキはひどく落ち着いていた。

どんな時でも慌てず、落ち着いて対処できるように幼い頃から訓練されてきた結果か、あるいは彼女の元来の気質だろうか。

そういう常人離れしたところが、ハヤトのツバキを好きになれない理由の一つだ。けれど、こんな異常な状況ではツバキの普段どおりの様子がとても心強かった。

そんな時、ハヤトが抱えているロロナが小さい声で尋ねてきた。

「ハヤト、この人……誰？」

「え、あぁ。こいつはツバキって言って俺の幼馴染で……」

元婚約者だ、とは流石に言えずに言葉を呑み込む。

「何なに？　何の話？」

「いや、なんでもない」

「ちょっとちょっと。気になるじゃん？」

しかし、そのツバキの問いかけにハヤトは応えることができなかった。

なぜなら制服を着たままの澪が、ハヤトたちの向こう側から走ってやってきたからだ。

澪はハヤトたちを見るなり、目を丸くして驚いた様子で声をあげた。

「え、し、師匠!?　それに、ロロナちゃんまで！　どうしたんですか!?」

「どうしたって、澪が心配で……。澪はどうしてここに？」

「休校になったんです。それで、保護者が迎えにきたら帰っても良いってことになったんですけど、私のところはお母さんが来るとは思わなかったから……」

澪が苦笑いしながらそう言う。

果たしてそれは笑いながら言うようなことなのか、とハヤトは思ったがそれよりも澪が無事だったことにとても大きな安堵を覚えた。

「それにしても……大変なことになってますよね」

澪が指したのは、彼女が走ってやってきた中学校の奥。

そこには、およそ三十メートルはありそうな巨大なスライムが闊歩している。

駅前にいたスライムの姿は既に無い。きっと『ヴィクトリア』が討伐したのだ。

けれど、残る一体。澪の指差したそれは家を飲み込み、アパートを飲み込み、止める者もおらずに巨大化を繰り返した結果、ハヤトがこれまで見てきた中で最も巨大なモンスターになっていた。

そのスライムが前に動くと、それだけで街が根こそぎ消えていく。人が、家が、自動車が、生活が、モンスターによって奪われていく。

地獄。

それ以外に表現できない光景が、目の前に広がっていた。

ユイはどうしているだろうか。もしかしたら、駅前のスライムの中にいたのかもしれない。もしかしたら、『アイテムボックス』を装備しておらず、スライムになっていなかったかもしれない。

ただ、そうであって欲しいというハヤトの願いが届いたのだろうか。

急に巨大なスライムがその場で静止した。

（……何だ？）

《討伐された……わけでは無さそうだが》

ハヤトとヘキサはその光景を見ながら、互いに疑問をぶつけ合う。

しかし、スライムは彼らに答えるわけもなく、急にその上部を絞り始めた。その姿はさながら巨大な肉まん。そして、スライムはその場で動きを止める。

「な、何々⁉　今度はどうしたの⁉」

ツバキがそう叫んだ瞬間、スライムが咲いた。

少なくとも、ハヤトには目の前の光景をそうとしか表現できなかった。スライムの絞られた身体が急に花のように開くと、そこからまるで花粉でも飛ばすかのように、無数の、小さい鉛色をしたスライムが放たれた。

《……自己分裂だッ！》

その光景を誰よりも先に理解したヘキサが叫んだ。

《巨大化して、自分の身体の中で自分を生み出し、それをばらまく。52階層に出現するモンスターに全く同じことをやるやつがいるんだ……！》

ヘキサの声を聞きながら、ハヤトは固唾を呑んで空を見た。

小さいスライムたちは宙を舞って、街中に広がっていく。

まるで鉛の雨のように、空から降ってくる。

そのスライムたちは、先ほどまでハヤトが倒してきたスライムと、全く同じモンスター。

それが、いまバラ撒かれている。

「……どう、すれば」

ハヤトの口からかすれた声が漏れる。

スライムを倒さないといけない。それは分かっている。そうしないと、奴らは全てを飲み込んで、分裂して、この街を更地に変えていく。

スライムを倒さないといけない。そんなことはハヤトとて、分かっている。そうしないと奴らは人を飲み込む。探索者も、一般人も、そんなものは関係なしに全てを飲み込んで殺していく。

だから、スライムを倒さないといけない。

分かっているのに、脳が『不可能』だと叫ぶ。そんなことは無理だと、不可能だと、倒せるわけがないのだと。

当たり前だ。下手な攻撃は通用せず、攻撃のために近づいた探索者を飲み込んで、前線攻略者でなければ倒せない。そんなモンスターが街中にバラ撒かれて、どうやって全て倒せというのだ。それに前線攻略者が何百人必要だというのか。

理不尽に歯噛みするハヤトをよそに、最悪は連鎖した。

花と散った巨大なスライムはその大きな花弁を再び持ち上げると、蕾と成った。

まるで、花が咲く瞬間の逆再生でも見せられているかのような光景に、ハヤトもヘキサも、そして、それ以外の三人も、ただ黙って成り行きを見るしか無かった。

やがて蕾は昆虫の蛹のような姿に細長く形を変えると、それを突き破って巨大な人間が現れた。色はやはり鉛色で、顔はのっぺりとしていて表情はなく、その柔らかなフォルムは人の女性のようにも見える。

そんな巨大な人型は自らが破った蛹の抜け殻を手に取った。その瞬間、抜け殻が人型の手元で捻れると、薙刀へと変化した。それはまるで、ハヤトの【武器創造】のように。

そして、鉛色の巨人は薙刀を振るった。

その瞬間、全てがおもちゃのように吹き飛んだ。車も、家も、人間も。

ただ、ただ全てが破壊されていく。

「……何だよ、これ」

理不尽だと、思った。

それ以外に目の前の光景を説明できる言葉をハヤトは持っていなかった。

「何で、こんなことを……ッ！」

ダンジョンは敵だけれど、悪い存在だとは思っていなかった。

中卒で行き場のない自分が探索者として今日まで生き延びることが出来たのはダンジョンがあったからだ。

極貧家庭の澪が探索者として夢を見ることが出来たのは、ダンジョンがあったからだ。

異能の家に生まれて、それでもロロナが自由を手に出来たのはダンジョンがあったからだ。

だから、ハヤトはダンジョンのことを悪い存在だと思っていなかった。

どうしてヘキサがダンジョンをそこまで憎むのか、少なくともハヤトにはよく分かっていなかった。

目の前の、この光景を見るまでは。

《ダンジョンは『飴と鞭』を使いこなして、星の支配者たる知性体を誑かし、自らを増やす。そういう星の寄生虫だ》

一人、この状況を受け入れつつあるヘキサが言葉を紡いだ。

《だが、その飴に騙されず、ただ攻略する者が現れた場合は……そうか。こうなるのか》

その顔は、どこか納得しているようだった。

この地獄を見て、納得するしか無いような顔をしていた。

《すまない、ハヤト。これは私の責任だ》

（……ヘキサ）

ヘキサの顔は悲痛に歪んでいた。

彼女のそんな顔を見るのはハヤトも二度目で、その悲痛に歪んだ顔すらも神が作った人形のように、美しかった。

だからこそ、なおのことハヤトは耐えられなかった。

自分の恩人で、頼りにしている人物で、そして自分を救ってくれた人が、そんな顔をしているのに、ハヤトは耐えられなかった。

《私がお前に真実を教えてしまったからだ。私が何もしなければ、きっとこの街は平和だった。私がお前を英雄に仕立てようとしなければこうはならなかった》

轟音が響く。

日常が壊れていく。

《だから、すまない。私の責任だ》

（……違う）

ハヤトは素早く否定する。

鉛色の巨人は目の前を更地にしたことに満足して、駅前に向かって歩き始めた。

それを見ながら、それでもハヤトはヘキサの責任を否定した。

（お前は何もしてない。これはお前のせいじゃない。全部、ダンジョンだ。ダンジョンのせいなんだ）

《だが……》

（お前がいなかったら、俺はここにいなかった。お前がいなかったら、俺はきっと死んでいた。だからお前は……何も悪くない）

そう断言した次の瞬間、駅の前に出現した巨大な炎の柱が空を貫いた。

それは燃え盛る炎というよりも巨大な光の柱といった方が正しい色味で、昼間でも明るくハッキリと見える姿をしているはずなのに、なぜかその周りの風景が歪んで見えた。

（悪いのは、ダンジョンだ。こんなモンスターを街に放ったダンジョンだ）

その歪みは、炎の柱を巻き上げた術者の認知の歪みであり、それを押し付けられた世界の悲鳴である。

刹那、光の柱から燃え盛る無数の人型が出現すると、先ほど飛び散ったスライムを追いかけるようにして空を駆けた。

「こ、今度はなんですか！　次はどんなモンスターなんですか！」

「違う、澪。これはモンスターなんかじゃない」

昔、はるか昔に同じ光景を一度だけ見たことがあるハヤトは弟子をなだめた。

「これは……『スキル』だ」

空を駆ける人型は街中に散らばっていく中で、その内の一人がハヤトを見つけると空から降りてきた。

『よう、ハヤト。久しぶりだな』

こんな時でも、こんな時だからだろうか。

燃える人型――阿久津(あくつ)ダイスケはそう言った。

「ダイスケさん、使ったんですか」

『おうよ。ここで使わなきゃどこで使うんだ』

燃える人型は、そう言って笑った。よく見れば、誰もが気がついただろう。どの人型も同じ顔、同じ姿をしていることに。

当たり前だ。阿久津ダイスケは多重人格なのだから。

彼はかつての大震災(だいしんさい)の時に救われた経験を元に憧(あこが)れを持って自衛官になった。そして、ダンジョンが日本に生まれたその日、行方(ゆくえ)不明になった学校関係者を救出するために、ダンジョンに投入された一人である。

そして、彼以外の全員が死んだ。

当時、モンスターには外の武器が通用しないという常識は存在しなかった。

だからモンスターを前にして成す術もなく逃げ帰ることしかできなかった。

故にダンジョンを酷く恨んだ。憎んだ。仲間の敵を取るために、ダンジョンに潜ることにした。しかし、ダイスケが探索者になると同時に現れた新星たちに、ダイスケは息を呑んだ。

己よりも十五も下の少年がただの拳を武器にしていた。

己よりも十五も下の少女が日本刀を振るっていた。

そして、己と同世代の人間が探索者として名を轟かせた。

意味が分からなかった。何のために仲間が死んだのか理解できなかった。自分たちは民間人を守るためにダンジョンに潜ったはずで、その民間人が自分たちよりもダンジョンに対応していくことに足元が崩れさる恐怖を覚えた。

だが、その絶望は長くは続かなかった。やがてそれは、妬みに変わった。

彼らには、力があった。若さがあった。そして何より才能があった。

自分が積み重ねてきたその全てをあざ笑うかのような実力を前にして、ただただ彼らが羨ましかった。それだけの力が自分にあれば、誰も死ななくて済むはずだった。

だから、彼らに追いつこうと身体を鍛えた。本気で『スキル』を突き詰めた。誰よりも熱心に探索者になろうとした。だが、それがどうしたというのだ。ダンジョンという異界において、その努力は全てが徒労に終わった。己が積み上げてきたものが根底から全て覆された。己の全てが否定された気持ちになった。悔しさと、妬みと、憎しみだけがあった。

だから、彼は切に願った。強くなるための時間が欲しい。鍛えるための時間が欲しい。魔法を覚える時間が欲しい。スキルを使いこなす時間が欲しい。剣を使いこなすために時間が欲しい。時間が欲しい。ただひたすら、時間が欲しい。

あぁ――自分がもう一人いれば良いのに。

その願いは、誰に願うわけでもなく彼はただ自分の力で成し遂げた。己の人格を三つに分割するという狂気を以て。

近接戦を得意とするA人格、遠距離戦を得意とするB人格。

そして、それらを統括する主人格。

分割された人格も同様にして、自らを切り分けた。ただ、強くなるためだけに。

A人格は自身をA0とし、A1、A2、A3と分割した。

B人格も自身をB0と規定し、B1、B2、B3と分割した。

分割された人格が同様に人格を分割し、やがてそれは指数関数的に増加した。

そして、分割された人格は主人格の戦闘を学習し続けたのだ。

産めよ、増やせよ、地に満ちよ。時間が足りないのであれば寄せ集めろ。

気がつけば彼の『ステータス』から【火属性魔法Lｖ３】は消失していた。

そして、彼は〝覚醒（かくせい）〟の頂（いただき）に手を伸（の）ばした。


『スライムの方は俺（おれ）に任せろや』

燃え盛るダイスケが笑う。それはダイスケの分割された人格だ。

それは強さを求め続けた狂気の極点。

その〝覚醒〟スキルを人呼んで【紅蓮滾らす無限の軍勢（フランマ・エクステリウス）】。

【火属性魔法】で作り上げた自身の分身に、自らが持っている無数の人格を割り当てることで無限の群体生物を生み出す奇跡（きせき）だ。

そして、それを扱（あつか）う者こそ『世界探索者ランキング（WER）』60位、阿久津ダイスケ。

ハヤトが高位の探索者にマトモな人間がいないと断言するように、阿久津ダイスケもその括（くく）りからは外れない。

『だからハヤト。お前があの巨人を倒してくれ』

「なんで……俺なんですか」

『お前以外、誰が倒すんだよ。中にいるのはお前の相棒（バディ）だろ』

……あぁ、そうか。やはりあそこにユイがいるのか。

ハヤトはこれまでそらし続けてきた考えに向き合わざるを得なかった。

息を吐（は）き出す。吸い込む。

確かにそうだ。あそこにユイがいるのであれば、自分がやらなければならない。ハヤトは強くそう思った。

「分かりましたよ、ダイスケさん」

答えたハヤトに頷（うなず）いてダイスケは、散らばったスライムを潰（つぶ）すために市街地に消えていった。

その後ろ姿を見送って、ハヤトは三人に向き直った。

そして、笑って言った。

「ちょっと行ってくる」

「あ、ちょっとハヤちゃん！」

ツバキが呼び止めるよりも先に、ハヤトは駆け出していた。

巨人の中には、ユイがいる。ただ巻き込まれてしまったユイがいるのだ。

ただひたすらに理不尽だと思う。彼女は何もしていないのに、こんな状況に巻き込まれてしまったことが理不尽以外の何者でも無いと思う。

だから、苛立つ。歯噛みする。地面を蹴り飛ばしたくなる。

何もしていない人間が不幸に巻き込まれる以上の不幸がこの世にあるだろうか。それは澪がそうだ。ロロナがそうだ。彼女たちは何もしていないのに、ただ理不尽に飲まれた。

それとユイの何が違うんだ。

ハヤトの怒りが大きくなる。地面を蹴る。巨人に向かってハヤトの身体は加速する。

「分かったよ、ヘキサ。お前がダンジョンに怒ってる理由が」

《…………》

「こいつは絶対に倒さないといけないんだな」

地面を蹴るたびにハヤトの身体は加速していく。

〝全スキルを排出〟

〝【身体強化Lv5】【落情なる太刀筋】【弱肉強食】をインストールします〟

〝インストール完了〟

声が響く。ヘキサが授けてくれた【スキルインストール】の声が。

それは力だ。現状を打破するための、突破するための力。

二年前とは違う。ただ惨めに底辺を這いつくばって、辛酸を舐めていたあの頃とは何もかもが違う。

だから、巨人を倒すために走ることができる。

「……ユイを返してッ！」

刹那、声が聞こえた。

見覚えのある五人の少女たちが巨人の足元で魔法を放っていた。武器を振るっていた。けれど、そのどれも相手にされていなかった。

「返してよ……ッ！」

その顔を見たことがある。見覚えがある。

全員が、24階層で倒れていた姿を知っている。

十二メートルはありそうな巨人の足元で戦っているのは『戦乙女's』。だが、巨人は彼女たちを相手することなく街を破壊する。

何故、彼女たちがここにいるのかなんて無駄な問いは考えない。

ハヤトと同じだ。同じように、ユイを助けに来たのだ。

彼女たちが飲まれていないのは、スライムが巨人になってから接近したからだろう。先ほどあらゆるものを飲み込んでいたスライムも、巨人形態になってからは周囲を破壊するだけで、飲み込もうとしている気配を見せない。

「……ハヤトさん!?」

その時、『戦乙女's』の一人がハヤトに気がついた。

少女の名前をハヤトは覚えていない。けれど、少女たちはハヤトに気がついて一瞬、動きを止める。

しかし、ハヤトに気がついたのは少女たちだけではなかった。

時を同じくして巨人はハヤトに気がつくと、薙刀を大きく構えて振るった。

（こいつ、俺には攻撃してくんのか!?）

《敵と思われたんだろうな……》

それは喜べば良いのか。それとも悲しめば良いのか。

それまで『戦乙女's』の少女たちには見向きもしなかった巨人の振るった薙刀は、その大きさゆえに不可避の一撃。

「ハヤトさん、逃げて！」

少女の一人が叫ぶ。だが、どこに逃げろというのか。

視界の全てを埋め尽くす刃の煌めきのどこに逃げる場所があるというのだろうか。

まるでビルが迫ってくるかのような大質量を前にして、ハヤトは息を深く吐き出す。

逃げる場所は無い。その必要も無い。ハヤトはその薙刀を食い止めるべく、左腕を突き出した。

「秘技」

薙刀が迫りくる。ハヤトは前に駆ける。

「『天降星』」

ヒュドッッッッツツツツ！！！！！

轟音と共に、ハヤトの足元にあったアスファルトが木っ端微塵に砕け散った。薙刀の持っていた撃力が全て直下に受け流された。ハヤトの足元が、まるで隕石孔のように陥没する。故に、ハヤトは無傷である。

それは天原の絶技。

「……嘘」

『戦乙女's』の声が漏れる。

いかにハヤトが前線攻略者とはいえ、その攻撃を受け止められるなんて思っていなかったのだろう。

ユイを取り戻すために巨人を刻んでいたことも忘れて、長身の少女がそう言った。

「逃げろッ！」

だから、ハヤトが吠える。

「いるんだろ、ユイが。この中に！」

「そ、そう！『アイテムボックス』が急に光って……」

地面を蹴る。右手には太刀が握られている。

「分かった。後は俺に任せろ」

言うが速いか、ハヤトは巨人の右足に向かって太刀を振るった。

【身体強化Ｌｖ５】と【落情なる太刀筋】の組み合わせによって、鉛色の巨人の肌に深く刃が沈んでいく。けれど、その一撃は硬い骨によって食い止められた。

ビリビリとハヤトの両手が痺れて、太刀が身体の内部で砕ける。

次の瞬間、鉛色の巨人は右足を大きく振り上げるとハヤトに向かって振り下ろす。まるで子供が虫を踏み潰すような動きに、思わずハヤトは回避。

目の前が鉛色でいっぱいに染まるハヤトの脳内に声が響く。

〝【落情なる太刀筋】を排出〟

〝【狂宴なる重撃】をインストールします〟

〝インストール完了〟

さらにハヤトは砕けた太刀の代わりに新しい武器を生成。

ヘキサはハヤトが両手で握りしめた大剣（たいけん）を見て、息を呑んだ。

《その武器は……！》

（良いだろ、これ。ちゃんと覚えてたんだ）

まるで溶（と）かした溶岩（ようがん）をそのまま武器にしてしまったかような大剣。

それは『探競（オークション）』にかけられていた『熔鉄の大剣』だ。

ハヤトはそれを大きく振るって、巨人のアキレス腱（けん）を斬（き）った。肉を斬るというよりも、固いゼリーを斬るような感触が両手に伝わってくる。その一撃で鉛色の巨人は体勢を崩した。

同時に大剣が持っている『残火』属性がモンスターを捉（とら）える。

人間と同じように、モンスターにもＨＰの概念（がいねん）がある。『残火』状態は一定時間ごとに決まった割合分だけ、ＨＰを削（けず）る状態異常。完全に０にすることは出来ないが、それでも攻撃の手を緩（ゆる）めても命を奪（うば）ってくれるのは便利だ。

「……おォッ！」

吠えると同時に大剣を構えて、【狂宴の重撃】を発動。

ハヤトは手元にあった大剣をがむしゃらに振るうと、響くはほぼ一つの音に聞こえるほどの轟音。そして、巨人の右足を完全に壊（こわ）した。

だが、ハヤトの連撃で飛び散った巨人の身体は、ぶよぶよと蠢きながら自律的にモンスターの元に戻ろうとする。

(やっぱり、こいつも再生するのか!)

《さっきのスライムが変態したものだが、中身は同じだ。同じなんだ、ハヤト! 核を壊せッ!》

(あぁ、分かってるッ!)

ヘキサの言葉にハヤトは頷くと同時に地面を蹴った。

もはや、ハヤトの視界に『戦乙女's』は映っていなかった。

目の前にいる巨人しか見ていなかった。

一方の巨人はというと、アキレス腱を切断されてバランスを崩すと倒れ込む。しかし、とっさに手を伸ばして民家をクッションとした。だが、家は巨人の質量を支えきれず、倒壊した。

そこに住んでいた人たちが避難していることを祈って、ハヤトは大剣を振り下ろす。

背中から心臓部を狙った一撃は、モンスターの身体に大きく斬撃痕を作って身体のいち部分を飛び散らせることには成功したが、致命の一撃にはなり得ない。

元がスライムである以上、明確な弱点は〝核〟だけ。それを壊さない限り、絶対に巨人は倒せない。

ハヤトはその〝核〟が巨人の心臓部にあると睨んだのだが、狙いは外れ。飛び散った身体はより集まってスライムのような形を取るとぴょんと跳ねて、巨人と再び合体。

次の瞬間、ハヤトが断ち切ったはずのアキレス腱が再生して、巨人の背後の傷が癒えていく。そして巨人は身体を起こすと、自分が崩した民家を持ち上げてハヤトに向かって投擲してきた！

〝【弱肉強食】を排出〟

〝【流離】をインストールします〟

〝インストール完了〟

遅れて飛んできた瓦礫はハヤトの逃げ場を奪う面攻撃。

巨人が放ったのは一撃でハヤトを仕留めるための攻撃ではなく、散弾のように周囲に散らすことで着実にハヤトの機動力を削ぐ攻撃だった。

しかし、その面攻撃はハヤトには当たらない。

どの瓦礫もハヤトに直撃したと思えば、彼はすでにそこにはいない。

【流離】スキルは流体化したのかと見紛うほどに身体の柔軟性を引き上げると、あらゆる攻撃に対する回避に大きな補正をかける。

まるで風に舞う落ち葉のように捉えどころの無いハヤトの動きに苛立った巨人はさらに近くにあった家を持ち上げると、破壊しながらハヤトに投擲した。

バラバラになった瓦礫の追撃がハヤトに向かって飛んでくるが、ハヤトはそれを全て回避。一発も当たることなく避けきったハヤトの背後では、三階建ての事務所が見るも無残に破壊されていた。

「一撃だ」

瓦礫の散弾をスキルの力で回避したハヤトは巨人から目を離すことなく、そう呟いた。

「一撃で倒さないと、埒が明かない」

《当てはあるのか？》

「……無い。でも、頭だと思う」

《根拠は？》

「だから無いって。……ただ、言うとすれば」

ハヤトは突如として放たれた巨人の蹴りを『天降星』で地面に流すと、答えた。

巨人は再びの驚愕。薙刀だけではなく、自分の蹴りを人間に叩き込んだのにもかかわらず、まさか無傷で済まされることになるとは。いかにモンスターとはいえ想像の埒外の出来事に恐怖した。

「人間の身体は大事な臓器を守るような構造になっている。ユイの持っている『アイテムボックス』が〝核〟だとすれば、無防備な腹はない。動き続ける脚や手の中に入っているとも考えられない。残りは胸か頭。それでさっき心臓を確認したらいなかった。だから、頭だ」

《……それは十分根拠になると思うぞ》

ヘキサの返答を待たずに、ハヤトは両手でしっかり受け止めた巨人の脚を投げ捨てると、巨人の足を踏み抜いて跳躍。一気に腹まで跳び上がると、生み出した槍を巨人の腹部に突き刺す。そして、身体のバネを使って槍の上に蹴り上がると、槍に乗っかって、再び跳躍。

空に浮かんだハヤトを追い払うために巨人は薙刀を捨てた。まるで蚊でも殺すかのように両手を伸ばした。だが、それよりも早くハヤトの手元に生み出した鎖鎌が巨人の首に突き刺さる。返ってきた手応えは骨に刺さったそれ。

その鎖を大きく引いたハヤトは空中を直線に移動して、巨人の合掌を回避。

そして、巨人の肩に着地した。

「しっかりしてるな」

それがハヤトの感想だった。ハヤトが立っている巨人の両肩は、彼がしっかりと踏み込めるほどに安定してバランスが取れている。しかし、『星走り』を撃つには距離が足りない。

「これなら、ミスらない」

《本当か？》

「まぁ見てろって」

そして、ハヤトは一歩踏み込むと巨人の頬に手を当てた。

鉛色をした巨人の顔に触れる。巨人がハヤトを振り払うために、その手を掲げて肩に振り下ろそうとしているのを、彼は視界の端で見た。

問題無い。何も問題は無い。

自分の方がそれよりも速い。

「さっきの一撃で分かったんだ」

完全なるゼロ距離。だが、立ち位置、筋肉の力の入れ方、ともに完璧。

動かし方もさっきので、コツを掴んだ。

今度こそ失敗はしない。するはずもない。

「――『星穿ち』」

そして、ハヤトは地面を蹴った。

草薙の一族は、戦に生きた一族だ。

強い人間を探し求め、強くなる手法を探し求め、おおよそ思いつく全ての手法を賭して、人間としての極地を求めた。

だからこそ、その完成品である草薙咲桜は、ハヤトの『星走り』を見て思ったのだ。

――なんて不完全なのだろう、と。

天原ハヤトの全てが未成熟だったが、その技は尚の事あらゆるものが足りていなかった。

身体が音の速さに到達したときに、腕の皮膚がそれに耐えきれずに自壊するのが欠点だった。防御を無視して腕を捨てる覚悟で放つのが欠陥だった。そんな技を、自らの最高火力として運用しているのが、ハヤトの欠陥だった。

だからこそ、草薙の現当主は考えた。最初から敵に接触していればいい。音の速さは、身体の内部で生み出せばいい。やっていることは単純なのだ。地面を蹴って、強く押す。

それだけだ。それだけで良い。

けれど、前線攻略者の膂力と『星走り』の体重移動を駆使すれば、

「吹き飛べェッ！」

その一撃は『星走り』にも匹敵する。

キュドッッッツツツツ！！！！！

砲撃のような音をあげて、ハヤトが撃ち込んだエネルギーは巨人の頭を吹き飛ばすッ！

しかし、反動は必ずハヤトの身体に戻ってくる。その反動は『天降星』の要領を使って

地面——巨人の肩に受け流した。

故に無傷。傷一つ負うことなく、巨人の頭を消したハヤトは見た。

空から落ちてくる一人の少女の姿を。

「……ッ！　ユイッ！」

探し求めた少女の姿を発見して、ハヤトは巨人の肩を蹴る。

空中でユイの身体を掴むと同時に地面に足が向くように回転。

そして、着地。ずん、と身体に返ってくる反動を両脚で受け止めながら、ハヤトはユイの『アイテムボックス』に手を触れる。

そして、『アイテムボックス』を砕いた。

ぱき、と音を立てて壊れる。

その瞬間、鉛色の肉片が一瞬で黒い霧になった。巨人になる前のスライムが飲み込んでいた瓦礫と人間がまとめて吐き出される。

それが雨のように降ってくるのを眺めながらハヤトは呟いた。

「……終わった」

まるで全てが悪い夢だったかのように、さっきまでの混乱がまるで嘘だったと思うくらいにあっけなく終わった。

「……終わったんだ」

けれど、瓦礫は消えない。壊された街は戻ってこない。

死んだ人間も戻ってこない。

それでも、とハヤトは思う。

それでもハヤトは、自分の手の届く人間を守りきれたことに、言葉に出来ないような安心を覚えた。

第6章 ✦ 深淵にようこそ！

モンスターに飲まれたユイの状態が心配だったが、息もしていたし、巨人とハヤトの戦闘に巻き込まれないように逃げていた『戦乙女's』が戻ってくるよりも前に意識を取り戻したので、後は彼女たちに任せることにした。

『戦乙女's』の少女たちはユイを病院に連れていくとは言っていたのだが、念の為ということで治癒ポーションを渡して、ハヤトは彼女たちと別れた。

そして、澪たちの待っている場所に向かっているというわけである。

《良かったのか？　治癒ポーションまで渡して》

「別に良いだろ。まだあるし」

そんなことを言いながら、ハヤトは瓦礫を跳び越える。

その横では『く』の字に曲がった自動販売機が漏電しているのか、バチ！　と紫電を散らした。

「それにしても」

《うん？》

「本当にどうなるんだろうな。これから」

ハヤトは立ち止まると、壊れた街を見渡した。

隣に浮かぶヘキサも同じように止まると、険しい顔をして告げる。

《何よりも救助活動だろう。探索者も……いや、探索者だからこそ、駆り出される準備をしていた方が良いだろうな》

「まぁ、そうだな。まずは、そこからか」

ハヤトは再び歩きだすと、さも当然かのように頷いた。

前線攻略者の身体能力はずば抜けている。一人で車を持ち上げ、聴覚や視覚も常人の比ではなく、命が亡くなる瞬間に慣れている。

だからこそ何もかもが崩れ去ったこの街では、誰よりも活躍することだろう。

「ダンジョンは、どうなると思う？」

《……『抑止者』を放り込んできたんだ。しばらくはまた静観に戻ると思う。だが、正直に言うと攻略がやりづらくなったのは事実だ》

「この被害を無視して進める……なんて、出来ないしな」

《……あぁ、そうだな》

遠くの方では未だにダイスケがスライム駆除のため空を飛んでいるのが見えた。

まだ終わっていないのか。大変だ。

ハヤトは他人事のように内心で呟く。

このままの調子で瓦礫撤去や被災者の救援まで手伝って欲しいと思う。

ダイスケが一人いれば数千、数万人分の働きを期待できるのでハヤトたちが出張るよりも活躍すると思うが、〝覚醒〟スキルの消耗具合から言って期待できないだろう。

「ダンジョンを攻略したいだけだったのにな……」

どうしてこうなったんだろうと思う。

珍しくハヤトが浮かない顔をして歩いていると、ふと真横から声をかけられた。

「何の話？」

「うわッ！」

ぬっと横から現れたツバキに、ハヤトは思わず奇声をあげてしまった。

見ればツバキの側には澪とロロナも一緒にいる。二人は武器や防具を着込んでいるところを見るに、もしかして一度帰ってモンスターを討伐するために出てきたのだろうか。

（ん？　あの斜めになった集合住宅に戻ったのか……？）

そういえば二人には『スライムと戦うな』と言ってなかったような気がして、ハヤトは心の中で自分の指示不足を嘆くため息を大きく吐き出した。

もしこれで、弟子二人が鉛色のスライムと戦って飲まれていれば完全に自分の責任だ。全く、師匠失格である。

「なんで三人はここに？」

「なんでって、ハヤちゃんが戻ってこないからみんなで捜してたんだよ。ねー？」

ツバキがそういって澪とロロナを振り返ると、澪もロロナもムッとした表情を浮かべていた。ロロナはともかく澪がそんな顔をするのも珍しい。

「師匠！　お聞きしたいことがあります！」

「うん。私も、聞きたいことがある」

「な、何だ何だ。二人して。どうしたんだ」

ずい、と身体を前に寄せてくる二人にハヤトは困惑しながら尋ねた。

「ツバキさんが師匠の婚約者って本当ですか!?　ずっとその話をされてるんですけど」

「ハヤトは、天原を追放されてる。だから、疑わしい。でも、そんなの関係ないって、ツバキが言う」

二人の弟子からそれぞれの苦情を受け取ってハヤトは首を傾げた。

「……それ、今しなきゃいけない話か？」

「もちろんです。師匠が色々言って話をそらさない内に聞かないといけません」

「ハヤト、すぐ誤魔化す」

「ご……っ！　誤魔化してないって！　ただ、俺にも家の事情とかあってさぁ！」

さっきまでの辛気臭い雰囲気はどこへやら。

弟子たちに迫られて、ハヤトはあたふたとしながら答えた。

「えー？　でもハヤちゃん。私と結婚してくれるって言ったじゃん。あれ本当にすごく嬉しかったんだよ？」

ツバキがいつものような笑顔でそういうものだから、ハヤトは言葉に詰まった。

「だってさ、今までずっとツンツンしてて爆発寸前の爆弾みたいになってたハヤちゃんが急に丸くなったと思ったら、婚約を耳元で囁いてくれたんだよ？　惚れ直しちゃったよね！」

ツバキが瓦礫の中で笑う。

ハヤトがそれになんと言い訳しようかと沈黙した瞬間、弟子たちが騒ぎ立てた。

「ちょっと、師匠。どういうことですか！　師匠が結婚するってことはもう私たちには何も教えてくれないってことですか⁉」

「ハヤト、私たちを守るって言った。……あれ、嘘だったの？」

「いや！　教えるし、嘘じゃない！　だから、あれには理由があって」

そうやって困るハヤトを見ながら、ツバキはからからと笑う。

笑って、続ける。

「あの時は本当にもう死んでも良いやって思ったの。だからかな？　この身体、本当に死んじゃったんだけど。でもさぁ、死んでも良いって思えるだけの幸せを手に入れられるなんて羨ましいよねぇ」

「…………急にどうした？」

いつも笑えない冗談を言う奴だとは思っていたが、ここまでつまらない冗談を言う奴ではないとも思っていたハヤトは首をかしげる。

ツバキの言葉に眉をひそめたのは、彼だけではない。澪もロロナも、口ごもった。

その瞬間、場の主導権はツバキに移った。

「あれ？　本当に気がついてないの？　そっか。そうなんだ」

その笑顔はツバキのものだ。立ち振舞いもツバキのものだ。

けれど、違う。何かがいま、切り替わった。

「あーあ、可哀想ですねぇ。この身体の持ち主、あなたとの結婚を本当に楽しみにしてたんですよ。でもほら、車がスライムから吐き出された時にね、あの時に頭をぶつけちゃって死んじゃったんですよね。だから、私がその身体を借りました」

「……誰だ、お前」

ツバキの顔で、ツバキの声で喋る何か。

こいつは、人間じゃない。

モンスターでもない。そんな優しいものじゃない。

もっと異質で——異形の存在だ。

「あぁ、ちょっとそんなに怖い顔しないでくださいよ。大丈夫です。傷は全部治して、脳内の信号情報も死ぬ十五秒前までの記録が、『メルト・スライム』——あぁ、アナタが倒したスライムの中にあったんで、それを引っ張ってきました。だから、私がこの身体から抜けても、ちゃんと生き返りますよ。ね？　何も、問題ないでしょう」

「お前、何を言って……」

ハヤトの言葉に、異形は笑った。

「何ってデータ復旧の話ですよ。もっと人間にも分かりやすく話してあげますと、ＣＰＵが壊れたからそれを直してバックアップからデータを入れ直したので、完全に復旧したってだけの話です。あ、『スワンプマン』の話とかやめてくださいね。人間は下らないことを色々と考えるみたいですけど、生き返ったって事実があれば問題ないでしょ？」

急に放たれた情報の暴力。

その全てを確かめる間もなく、目の前の怪物はツバキの姿で続けた。

「あぁ！　しまった！」

ツバキの美しい亜麻色の髪が揺れる。

喋れないハヤトたちを前にして、言葉が紡がれる。

「これはこれは。私としたことが貴方に贈る最初の言葉を間違えていました。まずは祝辞を贈らないとですね」

ぱちぱち、と乾いた拍手の音がツバキの手で鳴らされる。

「ぱんぱかぱーん！　おめでとうございます！　見事、私の送った『抑止者』を食い止めましたね。探索者さん。ご褒美あげます。何が欲しいですか？」

その瞬間、ハヤトの頭の中で全ての情報が繋がった。

人間でもモンスターでもなく、人の命を操って、あまつさえあのモンスターたちを『自分が送った』と口にした。

そんなことが可能な存在は、一つだけだ。

「まさか……お前は」

「誰だと思います？」

考えられない。考えられないが、それ以外に選択肢(せんたくし)がない。

「大正解！　花丸あげます！　この身体は私に似合いませんから、今は置いておきましょう」

「『ダンジョン』……ッ!?」

そう言った瞬間、ぴょんと、ツバキの身体から一人の少女が飛び出した。

紫色(むらさきいろ)の髪、紫色の瞳(ひとみ)。

歳(とし)は十二か、十三か。そのあたりに見える。

顔は自信という自信に満ちていて、この世の全てが自分の下にあると思っているような尊大な自尊心で溢(あふ)れている。そんな少女。

「その星の知性体に姿を合わせるのが私たちの習性なんですが……ほら、中々どうして似合ってるでしょう?」

少女(ダンジョン)は白いワンピースを見せびらかすように、くるりと回った。

微笑(ほほえ)む少女から視線を外して、ハヤトは倒れ込んだツバキを見る。

少女が飛び出した瞬間に地面に倒れ込んだツバキの胸は、微(かす)かにだが上下している。呼吸をしている。生きている。

ともすれば、目の前にいる少女が嘘をついたんじゃないかと思ってしまう。

「心配しないでくださいよ。私の処置は完璧です。そもそもですねぇ、治癒ポーションとか吐き出してる存在ですよ？　人の傷くらい治せて当然でしょう」

「……それは」

そうかも知れないと、一瞬思ってしまった。

だが、そうだとしても疑問が残る。

「なんで、ダンジョンがここに……」

「ご褒美をあげようと思いまして」

「……は？」

紫の少女……ダンジョンは笑顔で答えた。

「ほら、私って優しさと厳しさが混じり合ったお母さんみたいなところがあるじゃないですか。だから、厳しさばかりもダメだなって思って。優しくしてあげないと、探索者さんに嫌われちゃうなって思ったんです。誰だって嫌われるのは嫌じゃないですか。私だって嫌です」

そこまで一息に言うと、ダンジョンもツバキを見た。

「あ、彼女を生き返らせたのはサービスなんで気にしなくて良いですよ。別にさくっと終わる処置だったんで。人の命なんてそんなものです」

ダンジョンは肩をすくめると、続ける。

少女の姿で、少女の声で、悪魔みたいに微笑む。

「ほらほら、何でも叶えちゃいますよ。この私が直々に！　『メルト・スライム』たちを倒したことに釣り合うご褒美なら、何でも！」

目の前のいる少女の言葉がどこまで本当なのかハヤトには分からなかった。

けれど、少女がダンジョンだという確信がハヤトにはあって、そして目の前の少女もそれを隠すこと無く口にしていて、

「……何でも良いのか？」

「ええ。試練に釣り合うものなら」

「そうか」

ハヤトは頷くと、少女を見据えた。

「あれ？　もう決まっちゃってる感じですか？　良いですよ、良いですよ。若返りのポーションですか？　それとも〝覚醒〟スキルの種ですか？　あるいは振れば振るだけお金が出てくる財布？　もしかして、もう一体『奉仕種族』が欲しいとかですか？　良いですよ。良いですよ！　どんと来いです。大盤振る舞いいたしましょう！」

刹那、ハヤトの思考にはあらゆる未来が思い浮かんで消えていく。

少女が口にしたものを願えば攻略が楽になるだろう。未来が明るくなるだろう。一生遊んで暮らせるだろう。

けれど、そのどれもがダンジョンのぶら下げた人参だ。その人参を追いかけて走り続ける限り、決して欲しいものは手に入らない。

それが分かっているからこそ、ハヤトは自らの頭に思い浮かんだ輝かしい未来に自分で蓋をして首を振った。

「いいや、そんなんじゃない。俺はそんなものは願わない」

「じゃあ、なんでしょう?」

ひゅう、と風が吹いた。

ハヤトと少女の間に存在している数メートルという距離が、無限になったのかと思った。口に出そうとした言葉が乾いて、舌が口の中に張り付いたかと思った。

それでもハヤトは続けた。

「俺はお前の死を願う」

「へぇ……」

少女の口角がつり上がっていく。

ニタァ……と、獲物を前にした狼のように嗤う。

「面白いことを言うじゃないですか、探索者さん。でもダメです。その望みは釣り合ってません。代わりの望みを聞きましょう」

「いや、他の望みは無い。俺が願うのはただ一つ。ダンジョンであるお前が死ぬことだ」

「そうですか。そうですか。困りましたねぇ」

少女は下唇に手をあてて「んー」と悩む。

見るだけなら可愛らしいが、自分のことを可愛いと思ってやっているあざとさの方が勝った。

「あのですねぇ、探索者さん。基本的に私たちは優しくして、厳しくして、そして優しくしてあげたいんです。そういう習性なんです。人間だって何十時間も起きてたら眠くなるでしょう？　お腹が減ったらご飯を食べたくなるでしょう？　それと一緒なんです。だから、私は探索者さんに本当にご褒美をあげたいと思ってるんです」

初めて少女の言葉に嘘が無いと思った。

けれど、情もない。ただ、淡々と情報を説明しているだけ。

どこかで似たような話を聞いたな、とハヤトが過去を振り返ってみれば……すぐに思い当たった。シオリとユイの二人と一緒にスマホを買いに行った時にされた、スマホのスペックの話。目の前の少女が語る内容には、そんな無機質さがある。

「うーん。私が死ぬのを願うのかぁ……。流石に私の命と『メルト・スライム』七匹じゃ釣り合いが取れませんしねぇ……。私と探索者さんで殺し合う……のも悪くないんですが、それをするには階層攻略の試練がちょっと不足気味ですしねぇ」

そう言って少女は目をつむって「うーん」と深く唸る。

そして、ぱっ！　と笑顔を浮かべた。

「あっ！　良い案思いついたぁ！　流石は私。さすわた！　なんて完璧なプランなんでしょう」

自分に酔いしれる少女はそう言うと、ハヤトたちを笑顔で見つめた。

「良いですか、探索者さん。確かにあなたはモンスターを倒しました。そして、それに見合うご褒美をあげると私が言いました。だから、差し上げます。どうぞ喜んで受け取ってください！」

紫の少女が笑った瞬間、ハヤトたちが立っている地面が消えた。

その瞬間、ハヤトを含めた三人が重力の魔の手に掴まれて割れた地面の中に飲み込まれる。

「師匠！」

「ハヤト……ッ！」

ハヤトは落下しながらもとっさに澪(みお)とロロナに手を伸(の)ばして、その身体(からだ)を掴んだ。

底見えぬ深淵に落下していくハヤトたちの頭上から、少女の声が響(ひび)く。

「さぁ、おいでませ最深淵(フロントライン)！　68階層にお三方をごあんなーい！」

弟子を二人抱(だ)きかかえるハヤトの目には、穴の入り口から見下ろして高笑いする美しい少女の姿が焼き付いて離(はな)れなかった。

あとがき

お久しぶりです。シクラメンです！

早いもので中卒探索者も3巻となりました。ついこの間まで1巻の原稿を書いていたような気もするのですが、時間は経つのは早いですね。とはいえ、ここまでの巻数を出すことができたのは、ひとえに読者の皆様の応援あってこそだと思っております。本当にありがとうございます！

なんと1巻に引き続いて2巻でもファンレターをいただきました。人生で手紙を貰うことなんて数えるほどしかない私ですが、感無量です。本当にありがとうございます！　読者の皆様の期待に添えるよう、このまま走れるところまで走りたいものです。

走る、と言えば最近は運動不足を解消するためにランニングを始めました。皆様ご存じの通りライトノベル作家というのは、一日何時間も机の前に向かってキーボードを叩き続けるという絵面だけで見たら華やかさとは対極に存在するお仕事でして、当然のように運動不足と仲良しこよしです。改善案としてスタンディングデスクという立ったまま小説が書ける机を導入することも考えたのですが、それが運動になるかと言われると疑わしいところもあるなと思いまして、結局走ることにしました。

数年ぶりにランニングをしたのですが、身体が重いのなんの。運動不足だから筋力が低下しているのも相まって、全然思うように身体が動いてくれないんですよね。でも頑張って走ってたら、私の隣を追い越していった高校生に死ぬほど煽られました。あおり運転は厳罰化されましたが、ランニングの追い越しとあおり行為は厳罰化されていないので私は泣き寝入りするしかなかったです。もちろん、ここまで全部嘘です。

さて既にご存知の方も多いとは思われますが中卒探索者というお話は元々ＷＥＢ連載されていた作品です。とはいえＷＥＢをそのままお出しするのではなく、２巻からは新規書き下ろしとなっております。ですので、完全に新規ストーリーですね。そして、２巻がそうなっているということは、３巻もそうなっているということです。

ロロナという新登場のキャラクターを迎え、より華やかになった中卒探索者ですが、３巻ではその逆。『ダンジョン』という生き物が人類に対して牙を剥く……そんな感じの内容になっています。これからどうなるのかはお楽しみにしていただくとして。

キャラクターだけはＷＥＢのままでストーリーだけを新しく書く、というのは私の中で中卒探索者が初めての試みだったのですが、中々面白いものですね。読者の皆様にも面白いと思っていただければ何よりです。


お次にお知らせです。

以前よりお伝えしてました中卒探索者のコミカライズがついにスタートしました！

『ComicWalker』さんと『ニコニコ静画』さんで読めますので、ぜひ漫画になった中卒探索者をご覧になってください！


では、続いて謝辞を。

今回も素敵な表紙イラストを描いていただきましたてつぶた先生。今回も大変ありがとうございます。ツバキのわんぱく具合や、咲桜の『お姉さん』具合を全面で感じられる大変素敵なイラストです。額縁に入れて飾りたいです。

続いて編集様。３巻も書き下ろしとなるお話を原稿に取り掛かる直前にしてしまったのですが、快諾してくださりありがとうございます。おかげさまでより良い作品になったと自負しております。

そして、最後に読者の皆様。再三言っていることですが、小説は書き手だけで完結するものではなく、読み手がいて初めて完成するものだと思っています。

中卒探索者が完成したのは、読者の皆様に読んでいただくことができたからです。本当にありがとうございます。

もしよろしければＳＮＳで『買ったよ！』なんて報告していただいたら、大変うれしく思います。感想ツイートとか、めちゃ待ち望みしてます。

中卒探索者の物語も大きく動いたことですし、叶うことなら４巻でお会いしましょう。

ではでは！

中卒探索者の成り上がり英雄譚 3

～２つの最強スキルでダンジョン最速突破を目指す～

2023年５月1日　初版発行

著者―― シクラメン

発行者―松下大介
発行所―株式会社ホビージャパン

〒151-0053
東京都渋谷区代々木2-15-8
電話　03(5304)7604（編集）
03(5304)9112（営業）

印刷所――大日本印刷株式会社

装丁――内藤信吾（BELL'S GRAPHICS）／株式会社エストール

Printed in Japan

ISBN978-4-7986-3169-1　C0193

箱入りお嬢様と庶民な俺のやりたい100のこと
その1．恋人になりたい

著者／太陽ひかる
イラスト／雪丸ぬん

たった一日の家出が一生モノの『好き』になる!!

人より行動力のある少年・真田勇輝は、ある時家出した財閥のご令嬢・天光院純奈と意気投合。純奈のやりたいことを叶えるため、たった一日だけのつもりで勇輝は手を貸すことにしたが——「このまま別れるのは厭だ」一日だけの奇跡にしたくない少年が鳥かごの中の少女に手を伸ばす!!

第三皇女の万能執事 1
世界一可愛い主を守れるのは俺だけです

著者/安居院 晃
イラスト/ゆさの

毒舌万能執事×ぽんこつ最強皇女の溺愛ラブコメ!

天才魔法師ロートの仕事は世界一可愛い皇女クレルの護衛執事。チョロくて可愛い彼女を日々愛でるロートの下に、ある日一風変わった依頼が舞い込む。それはやがて二人の、そして国の運命を揺るがす事態になり――チョロかわ最強皇女様×毒舌万能執事の最愛主従譚、開幕